セレブ学園《がくえん》の最強男子《さいきょうだんし》×４から、
なぜか求愛《きゅうあい》されています。
【取《と》り扱《あつか》い注意《ちゅうい》⚠
最強男子《さいきょうだんし》シリーズ】

ゆいっと・著　乙女坂心《おとめざかこころ》・絵

野いちごジュニア文庫

私《わたし》、川西莉桜《かわにしりお》、中学《ちゅうがく》二年生《にねんせい》。

つつましく平凡《へいぼん》な毎日《まいにち》を送《おく》っていたのに、ある日生活《ひせいかつ》が一変《いっぺん》。

大財閥《だいざいばつ》のお屋敷《やしき》でメイドをやっているお母《かあ》さんがケガをしちゃって、なんとお屋敷《やしき》に住《す》み込《こ》むことに！

しかも、セレブ学園《がくえん》へも転校《てんこう》することになっちゃって……。

お屋敷《やしき》には同《おな》い年《どし》の双子《ふたご》がいて、彼《かれ》らのお世話係《せわがかり》に任命《にんめい》されちゃったから大変《たいへん》！

「は？　なんでアンタが？」

「触《さわ》んなよ！」

ふたりはイケメンだけど、とっても口《くち》が悪《わる》くて不愛想《ぶあいそう》。

私《わたし》にお世話係《せわがかり》なんてつとまるの!?


……だけど。

「おかしいだろ。自分《じぶん》のことなのに、自分《じぶん》のことがまったくわかんねえの」

「こうしてると、現実《げんじつ》を忘《わす》れられるんだ」

御曹司《おんぞうし》には御曹司《おんぞうし》なりの苦悩《くのう》があることを知《し》って……。

「もう少《すこ》しだけ、そばにいて……」

「……やっぱり俺《おれ》じゃだめか」

いつの間《ま》にか距離《きょり》がちぢまってドキドキ！

しかもセレブ学園《がくえん》には、皇帝《こうてい》・王子《おうじ》・スター・貴公子《きこうし》と呼《よ》ばれる四大御曹司《よんだいおんぞうし》がいて——!?

私《わたし》の平穏《へいおん》、返《かえ》してください〜〜!!

セレブ学園の最《さい》強《きょう》男《だん》子《し》×4から、なぜか求《きゅう》愛《あい》されています。

取り扱い注意！
最《さい》強《きょう》男《だん》子《し》
シリーズ

人物紹介《じんぶつしょうかい》

＼双子《ふたご》の兄弟《きょうだい》／

＼双子《ふたご》のお世話係《せわがかり》／

鮫嶋《さめじま》 蓮夜《れんや》

鮫嶋家《さめじまけ》の双子《ふたご》御曹司《おんぞうし》の兄《あに》、通称《つうしょう》"皇帝《こうてい》"。クールな性格《せいかく》で、同《おな》い年《どし》の莉桜《りお》に対《たい》しても無愛想《ぶあいそ》だったけれど、莉桜《りお》の芯《しん》の通《とお》った性格《せいかく》にひかれ、何《なに》かと気《き》にかけるように。

川西《かわにし》 莉桜《りお》

"雑草魂《ざっそうだましい》"をポリシーに生《い》きる、負《ま》けず嫌《ぎら》いな中学《ちゅうがく》２年生《ねんせい》。大財《だいざい》閥《ばつ》・鮫嶋家《さめじまけ》でメイドとして働《はたら》いているお母《かあ》さんの事情《じじょう》で、お屋敷《やしき》に住《す》み込《こ》むことに。

\ 学園《がくえん》の御曹司《おんぞうし》 /

花菱《はなびし》 渚《なぎさ》

学園《がくえん》の四大御曹司《よんだいおんぞうし》のひとり、通《つう》称《しょう》“スター”。女《おんな》の子《こ》なれしている、チャラくて明《あか》るい男《おとこ》の子《こ》。

弟《おとうと》

鮫嶋《さめじま》 橙弥《とうや》

鮫嶋家《さめじまけ》の双子御曹司《ふたごおんぞうし》の弟《おとうと》、通称《つうしょう》“貴《き》公子《こうし》”。中性的《ちゅうせいてき》な雰囲気《ふんいき》を持《も》ち、動《どう》植物《しょくぶつ》が大好《だいす》き。学校《がっこう》にはあまり行《い》かずに、いつも家《いえ》の庭《にわ》を散策《さんさく》している。

\ 学園《がくえん》の御曹司《おんぞうし》 /

西園寺《さいおんじ》 葵《あおい》

学園《がくえん》の四大御曹司《よんだいおんぞうし》のひとり、通称《つうしょう》“王子《おうじ》”。品《ひん》があり人当《ひとあ》たりもいいが、裏《うら》の顔《かお》を持《も》っている。

\ 莉《り》桜《お》の親友《しんゆう》 /

柴咲《しばさき》 くるみ

転校生《てんこうせい》の莉桜《りお》に声《こえ》をかけてくれたクラスメイト。ひかえめな性格《せいかく》だが、莉桜《りお》にとっては心強《こころづよ》い存在《そんざい》。

あらすじ

平穏《へいおん》に暮《く》らしていた中学《ちゅうがく》2年生《ねんせい》の私《わたし》は、ある事情《じじょう》から**大財閥《だいざいばつ》・鮫《さめ》嶋家《じまけ》のお屋敷《やしき》に住《す》み込《こ》むことに！**

しかも、同《おな》い年《どし》の**イケメン双子《ふたご》御曹司《おんぞうし》のお世話係《がかり》**に任命《にんめい》されちゃって——？

中性的《ちゅうせいてき》な弟《おとうと》・橙弥《とうや》くんの意外《いがい》な趣味《しゅみ》にびっくりしたり。

クールな兄《あに》・蓮夜《れんや》くんのふとした優《やさ》しさにドキドキしたり、

二人《ふたり》との距離《きょり》は、少《すこ》しずつちぢまっていったんだ。

さらに、双子《ふたご》と同《おな》じ
セレブ学園《がくえん》に
転校《てんこう》した私《わたし》には、
いろいろな出来事《できごと》が
待《ま》ち受《う》けていたの。

学園《がくえん》の御曹司《おんぞうし》たち
に目《め》をつけられたり…。

大切《たいせつ》な親友《しんゆう》ができたり…。

蓮夜《れんや》くんといる時《とき》の
ドキドキもとまらなくて…？

恋《こい》と友情《ゆうじょう》いっぱいの
学園生活《がくえんせいかつ》スタートー！

続《つづ》きは本文《ほんぶん》を読《よ》んでね！

もくじ

似《に》てない双子《ふたご》の御曹司《おんぞうし》

貧乏《びんぼう》には貧乏《びんぼう》なりの幸《しあわ》せがあると思《おも》ってる。

小《ちい》さいことでも幸《しあわ》せを感《かん》じられるから、幸福度《こうふくど》は高《たか》いと信《しん》じてる。

〝雑草魂《ざっそうだましい》〟こそ、私《わたし》のポリシー。

なんど踏《ふ》まれても、なんど引《ひ》っこ抜《ぬ》かれても、絶対《ぜったい》にあきらめないで自分《じぶん》の力《ちから》ではいあがるんだ——。


「川西莉桜《かわにしりお》です。よろしくお願《ねが》いします」

頭《あたま》を下《さ》げると、パラパラと拍手《はくしゅ》が聞《き》こえてきた。

宮帝学園《きゅうていがくえん》、三年花組《さんねんはなぐみ》。九月《くがつ》も半《なか》ばに入《はい》った今日《きょう》、私《わたし》はここへ転入《てんにゅう》してきた。

この学園《がくえん》は、日本《にほん》でただ一校《いっこう》と言《い》われている、御曹司《おんぞうし》やお嬢《じょう》さま……つまりお金持《かねも》ちの子《こ》どもだけが入学《にゅうがく》できる中学校《ちゅうがっこう》。

クラスは【花鳥風月《かちょうふうげつ》】で分《わ》けられ、その風流《ふうりゅう》な名前《なまえ》はセレブ校《こう》ならではだ。

「みなさん、色々《いろいろ》と教《おし》えてあげてくださいね」

「はーい」

担任《たんにん》の先生《せんせい》の言葉《ことば》に、品《ひん》よくそろういい返事《へんじ》。でもどの顔《かお》も、少《すこ》し警戒《けいかい》ぎみ。

私《わたし》はさっきから冷《ひ》や汗《あせ》が止《と》まらない。

だって、私《わたし》はお嬢《じょう》さまでもなければお金持《かねも》ちでもない。それどころか貧乏《びんぼう》だ。

そんな私《わたし》が、どうしてここにいるのかというと——。


「えっ、お母《かあ》さんが!?」

その電話《でんわ》を受《う》けたのは、学校終《がっこうお》わりに寄《よ》ったスーパーでのこと。

小《ちい》さいころにお父《とう》さんが亡《な》くなってしまい、私《わたし》はお母《かあ》さんとふたり暮《ぐ》らし。

昼《ひる》と夜《よる》で仕事《しごと》を掛《か》け持《も》ちしているお母《かあ》さんが家計《かけい》を支《ささ》えてくれていて、私《わたし》も食事《しょくじ》や洗《せん》濯《たく》など、できることは率先《そっせん》してやっている。

もうすぐ五時《ごじ》。値引《ねび》きシールが貼《は》られるのをお肉《にく》コーナーで待《ま》っているときだった。

電話《でんわ》の内容《ないよう》は、お母《かあ》さんが勤《つと》め先《さき》でケガをしたということ。

私《わたし》がすぐ病院《びょういん》へかけつけると、出迎《でむか》えてくれたのは黒《くろ》いスーツを着《き》た白髪《はくはつ》の品《ひん》のいい男性《だんせい》。

「川西《かわにし》さんのお嬢《じょう》さんですか？」

「はいそうです。あの、母《はは》の容体《ようだい》は……」

お母《かあ》さんは今《いま》、日本三大財閥《にほんさんだいざいばつ》のひとつ、鮫嶋財閥《さめじまざいばつ》のお屋敷《やしき》でメイドをしている。

この人《ひと》は、執事《しつじ》さんかな？

「足《あし》を骨折《こっせつ》していまして、全治四《ぜんちよん》か月《げつ》ほどかかる見込《みこ》みです。しばらく入院《にゅういん》も必要《ひつよう》となります」

「命《いのち》に別状《べつじょう》はないんですね!?」

「それは大丈夫《だいじょうぶ》ですよ」

「よかったぁぁ……」

私《わたし》はそのままへなへなとしゃがみこんだ。

だって、もし死《し》んじゃったらどうしようって、本気《ほんき》で心配《しんぱい》していたから。

お父《とう》さんに続《つづ》いてお母《かあ》さんまで……そんなのたえられないもん！

「お母《かあ》さまはものすごく勇敢《ゆうかん》でいらっしゃいました」

執事《しつじ》さんの話《はなし》はこうだ。

今日《きょう》は午後《ごご》から鮫嶋邸《さめじまてい》で、ごく内輪《うちわ》なパーティーが開《ひら》かれていたそう。

そのせいか、警備《けいび》もそこまで厳重《げんじゅう》ではなかったらしい。

お母《かあ》さんがパーティー会場《かいじょう》に料理《りょうり》を運《はこ》んでいたとき、招待客《しょうたいきゃく》の中《なか》に不審《ふしん》な動《うご》きをする男性《だんせい》を見《み》つけ。

その人《ひと》がスーツの胸《むね》ポケットから小型《こがた》ナイフを取《と》り出《だ》した瞬間《しゅんかん》、後《うし》ろから取《と》り押《お》さえたらしい。

そしてもみ合《あ》いになって、段差《だんさ》から落《お》ちて骨折《こっせつ》してしまったんだとか。

犯人《はんにん》は、援護《えんご》に入《はい》ったボディーガードたちに取《と》り押《お》さえられ、無事確保《ぶじかくほ》。

『自分《じぶん》の身《み》を守《まも》れるのは自分《じぶん》しかいないのよ』

お母《かあ》さんはいつもそう言《い》っていた。

女所帯《おんなじょたい》だからかもしれないけど、日《ひ》ごろから護身術《ごしんじゅつ》を独学《どくがく》で勉強《べんきょう》していたし。

だからって、ナイフを持《も》った犯人《はんにん》に向《む》かって行《い》くなんてどうかしてるよ！

とにかく、命《いのち》があってよかった……。

そのあと私《わたし》はお母《かあ》さんの病室《びょうしつ》へ行《い》った。

「お母《かあ》さん……無事《ぶじ》でよかった……」

お母《かあ》さんの顔《かお》を見《み》た瞬間《しゅんかん》、涙《なみだ》があふれてきた。

「心配《しんぱい》かけてごめんねえ」

「もう、無茶《むちゃ》しないでよ！　お母《かあ》さんはメイドさんでしょ？　犯人《はんにん》に向《む》かって行《い》くなんてこと、もう二度《にど》としないでね」

それはボディーガードの仕事《しごと》じゃないの？

鮫嶋財閥《さめじまざいばつ》なら優秀《ゆうしゅう》な人《ひと》がいくらでもいるだろうに。

「はいはい、わかったわよ」

あっけらかんと言《い》うお母《かあ》さんは、一歩《いっぽ》間違《まちが》えたら命《いのち》を落《お》としていたかもしれないとは思《おも》えないほどのんきだ。本当《ほんとう》にわかってるんだか……。

「お母《かあ》さん、しばらく働《はたら》けなくなっちゃったわ。どうしましょう……」

「そんなこと心配《しんぱい》しないで。いざとなったら私《わたし》が働《はたら》くから！」

中学生《ちゅうがくせい》で雇《やと》ってくれるところがあるかわからないけど、新聞配達《しんぶんはいたつ》ならいけるんじゃないかな。

そう思《おも》っていた矢先《やさき》、思《おも》いもよらない話《はなし》が飛《と》び込《こ》んできた。

なんと鮫嶋家《さめじまけ》の旦那《だんな》さまと奥《おく》さまから、「川西《かわにし》さんは私《わたし》たちの命《いのち》の恩人《おんじん》だから、なんでもさせてもらいたい」と申《もう》し出《で》があったのだ。

事実《じじつ》、今回《こんかい》のケガで掛《か》け持《も》ちパートも辞《や》めることになり、収入《しゅうにゅう》はゼロに。

そんな中《なか》でも、家賃《やちん》や光熱費《こうねつひ》の支払《しはら》いは続《つづ》いていき、もちろん私《わたし》の学費《がくひ》もある。

そこで、今住《います》んでいるアパートを引《ひ》き払《はら》って、鮫嶋家《さめじまけ》に住《す》み込《こ》みという形《かたち》で来《こ》ないかと言《い》われたのだ。もちろん私《わたし》も一緒《いっしょ》に。

しかも、私《わたし》を鮫嶋家《さめじまけ》のご子息《しそく》が通《かよ》うセレブ学校《がっこう》へ、学費《がくひ》は鮫嶋家《さめじまけ》持《も》ちで転入《てんにゅう》させてくれるという。

そんなすごい話《はなし》、ほいほいと受《う》けられるものじゃないけど、現《げん》に生活《せいかつ》するお金《かね》の心配《しんぱい》はあるわけで……。

鮫嶋家《さめじまけ》の提案《ていあん》をありがたく受《う》け、私《わたし》は慣《な》れ親《した》しんだ学校《がっこう》にお別《わか》れを告《つ》げて、新《あら》たなスタートを切《き》ることにしたのだ。

そして、やってきたひっこしの日《ひ》。

ひっこしといってもそんなに荷物《にもつ》もないから、段《だん》ボール数箱《すうはこ》を持《も》って行《い》っただけ。

家具《かぐ》や家電《かでん》など、必要《ひつよう》なものはひととおり用意《ようい》してくれているみたい。

「ふ、ふつつか者《もの》ですが、よろしくお願《ねが》いしますっ」

鮫嶋邸《さめじまてい》は、東京《とうきょう》ドーム三個分《さんこぶん》と言《い》われる広大《こうだい》な敷地《しきち》の中《なか》に立《た》っていて、中《なか》にはキャンプ場《じょう》や遊園地《ゆうえんち》もあるって都市伝説《としでんせつ》みたいなウワサもある。

私《わたし》とお母《かあ》さんが住《す》まわせてもらうのは、本邸《ほんてい》とは別《べつ》の通称《つうしょう》〝離《はな》れ〟。職員《しょくいん》さんたちが住《す》める寮《りょう》のようなところ。

与《あた》えられた部屋《へや》は、なんと3LDKという

広《ひろ》さ。

今《いま》まで1DKに住《す》んでいた私《わたし》は、その広《ひろ》さにあっけにとられた。

ふたりで住《す》むには広《ひろ》すぎる。しかもお母《かあ》さんも入院中《にゅういんちゅう》でしばらくはひとりだし、こんな広《ひろ》いのはちょっとこわいかも。

だけど、家賃《やちん》も光熱費《こうねつひ》も無料《むりょう》だし、そんなこと言《い》ってられないよね！

初《はじ》めて会《あ》った旦那《だんな》さまと奥《おく》さまは、私《わたし》が普通《ふつう》に生活《せいかつ》していたら絶対《ぜったい》に交《まじ》わることがないくらい、キラキラかがやいていた。

「莉桜《りお》さんのお母《かあ》さんには、本当《ほんとう》に感謝《かんしゃ》しているんだよ」

旦那《だんな》さまには手《て》をガシッとにぎられ、

「莉桜《りお》ちゃんのお母《かあ》さんがいなかったら、今頃《いまごろ》私《わたし》たち……ううっ」

奥《おく》さまには涙《なみだ》ぐまれちゃって困惑《こんわく》。

でも、お母《かあ》さんはそれぐらいすごいことをやってのけたのかと思《おも》うと誇《ほこ》らしい。

旦那《だんな》さまは、いかにも財閥《ざいばつ》の当主《とうしゅ》という風格《ふうかく》があり、奥《おく》さまは箱入《はこい》り娘《むすめ》だったんだろうと思《おも》わせるかわいらしい人《ひと》だった。

「そういえば、編入試験《へんにゅうしけん》もほぼ満点《まんてん》だったらしいじゃないの！　宮帝学園《きゅうていがくえん》は都内《とない》でも最《さい》難関《なんかん》と言《い》われているのよ。さすが莉桜《りお》ちゃんは優秀《ゆうしゅう》なのね。宮帝学園《きゅうていがくえん》に入《はい》るに異論《いろん》はないわ」

一応形《いちおうかたち》だけと言《い》われ、編入試験《へんにゅうしけん》は受《う》けた。

セレブ学校《がっこう》だし、どれだけ難《むずか》しいか緊張《きんちょう》したけど案外《あんがい》できたんだ。

雑草魂《ざっそうだましい》を発揮《はっき》して、日《ひ》ごろから勉強《べんきょう》もがんばってたし。

「莉桜《りお》ちゃんは中学二年生《ちゅうがくにねんせい》なのよね」

「はい、そうです」

「うちの息子《むすこ》たちも同《おな》じ年《とし》なの。これから同《おな》じ学校《がっこう》に通《かよ》うことになるし、ぜひ仲良《なかよ》くしてね」

「は、はい……」

「ふたりとも来《き》なさい」

奥《おく》さまに呼《よ》ばれて現《あらわ》れたふたりを見《み》た瞬間《しゅんかん》、私《わたし》は思《おも》わず息《いき》をのんだ。

この人《ひと》たち、本当《ほんとう》に同級生《どうきゅうせい》……？

だって、前《まえ》に通《かよ》っていた中学《ちゅうがく》の男子《だんし》と同《おな》じ年《とし》とは思《おも》えないほど大人《おとな》びていたから。

わかりやすく言《い》えば、超《ちょう》イケメン！　モデルと言《い》っても余裕《よゆう》で通用《つうよう》しそう。

「息子《むすこ》たちは双子《ふたご》なの。長男《ちょうなん》の蓮夜《れんや》と、次男《じなん》の橙弥《とうや》よ」

「ふ、双子《ふたご》ですか……」

紹介《しょうかい》されたふたりは、言《い》われなければ双子《ふたご》とわからないくらい顔《かお》は似《に》ていなかった。

二卵性《にらんせい》なのかな？

蓮夜《れんや》くんのほうは二重《ふたえ》の目元《めもと》が涼《すず》しげで、すっと高《たか》い鼻《はな》に細《ほそ》い顎《あご》。キリッとした顔《かお》つきは旦那《だんな》さまによく似《に》ていて、さらさらの長《なが》い前髪《まえがみ》が目《め》にかかっている。

反対《はんたい》に橙弥《とうや》くんは、幅《はば》のひろい二重《ふたえ》がやわらかい印象《いんしょう》で、雰囲気《ふんいき》は奥《おく》さま似《に》。色素《しきそ》がうすいのか、色白《いろじろ》で髪《かみ》の毛《け》も茶色味《ちゃいろみ》をおびている。

こんなかっこいい人《ひと》たち、見《み》たことない

よ……！

やっぱり育《そだ》ちが違《ちが》うと、それなりに洗練《せんれん》されるのかな？

食《た》べている食材《しょくざい》がいいとか、お風呂《ふろ》のお湯《ゆ》が特別《とくべつ》とか……？

だけど、なんだかジロジロ見《み》られて気《き》まずい。

私《わたし》が貧乏《びんぼう》だって前情報《まえじょうほう》でもあるのかな。なんだか居心地《いごこち》が悪《わる》くてしょうがないよ。

「……どーも」

「……どうも」

そして口《くち》を開《ひら》けば。どちらも無愛想《ぶあいそう》――――っ！

歓迎《かんげい》してもらえるとは思《おも》ってないけど、御曹司《おんぞうし》なんだから、社交辞令《しゃこうじれい》で笑顔《えがお》のひとつでも見《み》せるかと思《おも》っていたのに。

いくらかっこよくても、これじゃあね……って、お金持《かねも》ちとは価値観《かちかん》も話《はなし》も合《あ》うわけないし、貧乏《びんぼう》な私《わたし》となんて仲良《なかよ》くしたくないか。

べつにふたりが悪《わる》いわけじゃない。

「よろしくお願《ねが》いします」

今後《こんご》話《はな》すこともないんだろうなと思《おも》いながら、うわべだけのあいさつを交《か》わしたのだ。

別世界《べっせかい》とメイドの仕事《しごと》

「海外《かいがい》ってどこから来《き》たの？」

「お父《とう》さまのお仕事《しごと》は？」

朝《あさ》のホームルームが終《お》わると、私《わたし》はクラスメイトたちに囲《かこ》まれた。

なんだかいいにおいがするのは気《き》のせい……？

みんな髪《かみ》の毛《け》はツヤツヤだし、爪《つめ》の先《さき》まで手《て》入《い》れが行《ゆ》き届《とど》いて、ネイルアートをしている子《こ》まで。

私《わたし》は家事《かじ》で荒《あ》れている手《て》を机《つくえ》の下《した》にそっと隠《かく》し、へへっと愛想笑《あいそわら》いしながら答《こた》えた。

「イギリスの、セントガーデンスクールから来《き》ました」

なんて、真《ま》っ赤《か》な嘘《うそ》だけど。

ここへ転入《てんにゅう》するにはそれなりのプロフィールが必要《ひつよう》だろうと、鮫嶋家《さめじまけ》が用意《ようい》してくれたのだ。

それを暗記《あんき》して、私《わたし》は今日《きょう》にのぞんでいる。

ちなみに、お父《とう》さまの仕事《しごと》は外資系《がいしけい》ＩＴ関連《かんれん》……ということになっている。

財閥系《ざいばつけい》でないとわかると、明《あき》らかに「勝《か》ったわ」とホッとしたような表情《ひょうじょう》を浮《う》かべる子《こ》も。

やっぱりみんな気《き》になるのは家柄《いえがら》なんだろうなあ……。

「私《わたし》は百合園財閥《ゆりぞのざいばつ》の百合園《ゆりぞの》ヒメアよ。わからないことがあれば聞《き》いてちょうだい」

「うちの親《おや》は、セントラルリゾートを経営《けいえい》してるの」

「私《わたし》のおじいさまは、一条記念病院《いちじょうきねんびょういん》の理事長《りじちょう》よ」

わあ……どれも名前《なまえ》を聞《き》いただけでわかる大企業《だいきぎょう》ばっかり。

ていうか、自己紹介《じこしょうかい》とセットで会社名《かいしゃめい》が出《で》てくるってさすが宮帝学園《きゅうていがくえん》。

本当《ほんとう》に私《わたし》、すごいところに来《き》ちゃったんだなあと、あらためて身《み》が引《ひ》きしまる。

「で、お父《とう》さまの年収《ねんしゅう》はおいくらほどで？」

ゴージャスな巻《ま》き髪《がみ》をゆらす百合園《ゆりぞの》さんが、ずいぶん突《つ》っ込《こ》んだ質問《しつもん》をしてきた。

「えっ……」

中学生《ちゅうがくせい》の会話《かいわ》に、親《おや》の年収《ねんしゅう》とか出《で》てくる!?

だけどここは宮帝学園《きゅうていがくえん》。子《こ》どもがそれを知《し》ってて当然《とうぜん》の世界《せかい》なのかも。

用意《ようい》されたプロフィールには、そんなもの書《か》いてなかった。

ふつういくらなの？　いくらって答《こた》えるのが正解《せいかい》？　わからないよ～。

パニックな私《わたし》の目《め》の前《まえ》では、好奇心《こうきしん》のかたまりで答《こた》えを待《ま》っているお嬢《じょう》さまたち。

「あははっ……」

適当《てきとう》な笑顔《えがお》を浮《う》かべれば、みんなは不可解《ふかかい》な表情《ひょうじょう》になっていく。

「……おうちはどのあたりで？　ホワイトヒルズ？　それとも白鷺《しらさぎ》が丘《おか》あたりかしら」

うっ……。

ものすごい高級住宅街《こうきゅうじゅうたくがい》を当《あ》たり前《まえ》のように出《だ》してくる！

もちろん、鮫嶋邸《さめじまてい》に住《す》んでいることは絶対秘密《ぜったいひみつ》。

プロフィールには一応設定《いちおうせってい》が書《か》いてあったけど、近《ちか》くに住《す》んでいる人《ひと》がいたらバレそうだし……と、困《こま》っていたときだった。

「おい、そんなに質問攻《しつもんぜ》めにするな」

この空気《くうき》を一瞬《いっしゅん》で変《か》えてしまうようなクールボイス。

声《こえ》のほうを振《ふ》り返《かえ》った女子《じょし》たちは、一様《いちよう》に息《いき》をのんで。

「そ、そうよねっ。転入《てんにゅう》してきたばっかりで失礼《しつれい》だったわ」

「ごめんなさいね」

「行《い》きましょう」

さーっと潮《しお》が引《ひ》くように、ここからいなくなってしまった。

開《ひら》けた視界《しかい》の先《さき》に見《み》えたのは……蓮夜《れんや》くん。

「えっ……」

今《いま》の、蓮夜《れんや》くんだったの？

私《わたし》が解放《かいほう》されたのを確認《かくにん》すると、それ以上《いじょう》何《なに》も言《い》わずに自分《じぶん》の席《せき》に戻《もど》っていく。

今日《きょう》登校《とうこう》してびっくりしたけど、なんと蓮夜《れんや》くんと同《おな》じクラスになっちゃったんだ。

もしかして……助《たす》けてくれたとか？

蓮夜《れんや》くんて、実《じつ》は優《やさ》しい人《ひと》なのかな。

見《み》た目《め》や家柄《いえがら》で判断《はんだん》したらいけないのは私《わたし》が一番《いちばん》よくわかっていたはずなのに、なんだか恥《は》ずかしいや……。

質問攻《しつもんぜ》めから解放《かいほう》されたのはいいけれど、今度《こんど》は悲《かな》しいくらい私《わたし》の周《まわ》りには誰《だれ》も居《い》なくなってしまった。

やっぱり、こういう学校《がっこう》じゃ私《わたし》になんて友達《ともだち》はできないよね……とぼっちを覚悟《かくご》したとき。

「川西《かわにし》さん」

うしろの席《せき》から声《こえ》を掛《か》けられて振《ふ》り向《む》くと、そこにいたのはかわいい小柄《こがら》な女《おんな》の子《こ》。

手《て》を差《さ》し出《だ》しながら、私《わたし》に向《む》かってニコニコほほ笑《え》んでいた。

「私《わたし》、柴咲《しばさき》くるみ。よろしくね」

「よ、よろしく！」

普通《ふつう》っぽい子《こ》がいた！

この子《こ》となら仲《なか》よくできるかもと直感《ちょっかん》で思《おも》い、その手《て》をにぎり返《かえ》す。

「私《わたし》はその、財閥《ざいばつ》の娘《むすめ》とかではないんだけど……仲《なか》よくしてくれる？」

少《すこ》しおどおどしながら言《い》う彼女《かのじょ》に、私《わたし》はちぎれんばかりの勢《いきお》いで首《くび》を縦《たて》にふった。

「もちろんだよ！」

むしろ、私《わたし》こそここにいるべき人間《にんげん》じゃないんだから。

宮帝学園《きゅうていがくえん》では、親《おや》の職業《しょくぎょう》によって仲《なか》よしグループも決《き》まるのかな。

「わあ、うれしい。……さっきの皇帝《こうてい》、ちょっとかっこよかったなあ」

くるみちゃんが少《すこ》し頬《ほお》を赤《あか》らめて視線《しせん》を向《む》ける先《さき》は……蓮夜《れんや》、くん……？

「皇帝《こうてい》……って？」

「あ、鮫嶋《さめじま》くんのこと。通称皇帝《つうしょうこうてい》ってみんな呼《よ》んでる。この学園《がくえん》で一番《いちばん》の権力者《けんりょくしゃ》だから」

「へえ……そうなんだ」

「皇帝《こうてい》の言《い》うことは絶対《ぜったい》なの。家柄《いえがら》だけじゃなく人望《じんぼう》もあってみんなに慕《した》われてるし。成《せい》績《せき》も校内《こうない》トップで運動神経《うんどうしんけい》もバツグンなんだよ。でも、基本女子《きほんじょし》には笑顔《えがお》も見《み》せないから、誰《だれ》なら皇帝《こうてい》の心《こころ》を射止《いと》められるんだろうってみんな言《い》ってる」

へえ……。

あの無愛想《ぶあいそう》な態度《たいど》は、私《わたし》が貧乏《びんぼう》だからじゃなく、いつでもああなのだと納得《なっとく》。

「女子《じょし》のことをかばうなんてめずらしいから、ちょっとびっくりしちゃった」

可愛《かわい》い顔《かお》で肩《かた》をすくめるくるみちゃん。

くるみちゃんのお父《とう》さんは、中堅企業《ちゅうけんきぎょう》の社長《しゃちょう》さんらしい。

この学園《がくえん》に入《はい》るには、親《おや》の年収《ねんしゅう》のボーダーラインがあるらしいけど、ギリギリだったからダメ元《もと》で受《う》けてみたら受《う》かったんだって。

財閥《ざいばつ》や大企業《だいきぎょう》の御曹司《おんぞうし》や令嬢《れいじょう》が目立《めだ》っているけれど、そこまでセレブではない人《ひと》たちもたくさんいるみたい。

それを聞《き》いて、少《すこ》し安心《あんしん》した。

とはいっても、私《わたし》からみたら全然《ぜんぜん》お金持《かねも》ちなんだけど。

それでも、くるみちゃんは私《わたし》と価値観《かちかん》も話《はなし》も合《あ》いそう。

くるみちゃんの存在《そんざい》は、このセレブ学園《がくえん》を生《い》き抜《ぬ》いていく中《なか》での明《あか》るい光《ひかり》だった。


帰《かえ》りは、鮫嶋家《さめじまけ》が用意《ようい》してくれた黒塗《くろぬ》りの車《くるま》で帰宅《きたく》。

これも、宮帝学園《きゅうていがくえん》に通《かよ》うからには避《さ》けて通《とお》れなかったんだ。

この学園《がくえん》の生徒《せいと》は、誘拐《ゆうかい》などの危険《きけん》もあるから、ほとんどの人《ひと》が車《くるま》で通学《つうがく》をしている。

私《わたし》はそんな心配《しんぱい》もないし断《ことわ》ったけど、鮫嶋邸《さめじまてい》から学校《がっこう》までは距離《きょり》もあるから、結局《けっきょく》車《くるま》での通学《つうがく》になってしまった。

「ありがとうございました」

鮫嶋邸《さめじまてい》につき、運転手《うんてんしゅ》さんにお礼《れい》を言《い》って、私《わたし》は与《あた》えられた３ＬＤＫの家《いえ》に帰《かえ》る。

「ひっろー」

何度《なんど》玄関《げんかん》をくぐっても慣《な》れない広《ひろ》さ。そしてものすごくきれい。

建物《たてもの》も新《あたら》しく、キッチンやお風呂《ふろ》などの設備《せつび》も最新《さいしん》。

今《いま》までのアパートのお風呂《ふろ》は追《お》い炊《だ》き機能《きのう》がなかったから、それがとっても嬉《うれ》しいんだ。

これで、お母《かあ》さんが早《はや》く退院出来《たいいんでき》たらいいんだけど……。

「そうだ、こうしちゃいられないよ！」

宮帝学園《きゅうていがくえん》の豪華《ごうか》な制服《せいふく》がシワにならないようにハンガーにかけ、Ｔシャツとジーパンに着替《きが》える。

タダでお世話《せわ》になるわけにはいかないから、お母《かあ》さんが働《はたら》けない分《ぶん》、私《わたし》がここで働《はたら》こうって決《き》めたの。庭《にわ》の掃除《そうじ》とか、私《わたし》にもできることはあると思《おも》うんだ！

家《いえ》を出《で》て、本邸《ほんてい》へ向《む》かう。

メイドさんたちは、みんな決《き》まったユニフォームを着《き》ていてとてもオシャレ！

ベージュを基調《きちょう》としたデザインで、動《うご》きやすそうだけど洗練《せんれん》されている。

私《わたし》みたいな格好《かっこう》で鮫嶋邸《さめじまてい》をうろうろしたら怒《おこ》られちゃうかな。

執事《しつじ》さんにわけを話《はな》すとリビングに通《とお》され、ソファに座《すわ》って待《ま》っていると奥《おく》さまがじきじきにやってきてくれた。

「こ、こんにちは。お世話《せわ》になっております……！」

「あ〜ら、そんな堅苦《かたくる》しいあいさつしなくていいのよ。莉桜《りお》ちゃんは命《いのち》の恩人《おんじん》の娘《むすめ》さんなんだから〜」

「はあ……」

それ、ずっと言《い》い続《つづ》けられても恐縮《きょうしゅく》しちゃう。

お母《かあ》さんは英雄《えいゆう》だとしても、私《わたし》は何《なに》もしてないんだから。

「ねえ、このマカロン、フランスから取《と》り寄《よ》せたものなの。ぜひ食《た》べてみて！」

なぜか私《わたし》の前《まえ》には、おいしそうな紅茶《こうちゃ》とマカロン。

おいしそ～！　……じゃなくて！

マカロンの誘惑《ゆうわく》に打《う》ち勝《か》って、私《わたし》は本題《ほんだい》を切《き》り出《だ》した。

「実《じつ》は、今日《きょう》はお願《ねが》いがあってまいりました」

「お願《ねが》い？　莉桜《りお》ちゃんのお願《ねが》いならなんでも聞《き》くわよっ」

「あの、私《わたし》にも何《なに》かお仕事《しごと》をいただけないでしょうか」

「ええっ？　そんなことしなくていいのよ。莉桜《りお》ちゃんはまだ中学生《ちゅうがくせい》なんだから」

「そういうわけにはいきません！　母《はは》が働《はたら》けない分《ぶん》、私《わたし》が代《か》わりに働《はたら》きます……って言《い》っても、私《わたし》じゃ力《ちから》になれないかもしれないですが」

「もうっ、なんていい子《こ》なの!?　さすが川西《かわにし》さんの娘《むすめ》さんね、立派《りっぱ》だわ。そうねえ……だったら、ひとつお願《ねが》いしてもいいかしら」

「はいっ！　なんでも言《い》いつけてください！」

と言《い》ったのを後悔《こうかい》したのはその数分後《すうふんご》。

私《わたし》が与《あた》えられたお仕事《しごと》は、ある意味過酷《いみかこく》なものだったから。

――コンコン。

私《わたし》は今《いま》、とある部屋《へや》を緊張《きんちょう》しながらノックしている。

……ああ、なんでこんなことになっちゃったんだろう。
密《ひそ》かにため息《いき》をついた時《とき》。
「はい」
中《なか》から返事《へんじ》があった。
うわっ、いる……。
いなければよかったのに……そう思《おも》いながら「失礼《しつれい》します」と声《こえ》をかけて中《なか》へ入《はい》った。
うっわ、ひっろ！
心《こころ》の声《こえ》にとどめておいてよかったけど、うっかり声《こえ》に出《だ》しちゃうところだった。
「は？　なんでアンタが？」
眉《まゆ》を寄《よ》せて明《あき》らかに怪訝《けげん》な表情《ひょうじょう》をしているのは……蓮夜《れんや》くん。
そう、ここは蓮夜《れんや》くんの部屋《へや》。
私《わたし》が奥《おく》さまに与《あた》えられたお仕事《しごと》は、双子《ふたご》のお世話《せわ》だったのだ。
毎日《まいにち》の洗濯物《せんたくもの》を届《とど》けたり、食事《しょくじ》ができたと呼《よ》びに行《い》ったり。はたまた、話《はな》し相手《あいて》など。
実《じつ》は次男《じなん》の橙弥《とうや》くん、あまり学校《がっこう》に行《い》ってないんだって。
旦那《だんな》さまや奥《おく》さまともほとんど会話《かいわ》をせず、『橙弥《とうや》は誰《だれ》にも心《こころ》を開《ひら》かないから困《こま》っているの。よかったら、話《はな》し相手《あいて》になってくれる？　年《とし》が近《ちか》い方《ほう》が橙弥《とうや》もなにかと話《はな》しやすいと思《おも》うから』なんて言《い》われちゃって。

私《わたし》と橙弥《とうや》くんの話《はなし》が合《あ》うわけありません……とは言《い》えず、その場《ば》では引《ひ》き受《う》けてしまったのだ。

「あの、洗濯物《せんたくもの》を……」

「見《み》ればわかる。なんでアンタがって話《はなし》」

「あの、私《わたし》もメイドとしてお手伝《てつだ》いさせてもらうことになって……。あの、これいい？」

洗濯物《せんたくもの》を見《み》せながら言《い》うと、なるほどとうなずいて、

「ああ……クローゼットはそっち」

蓮夜《れんや》くんはぶっきらぼうに、ひとつの扉《とびら》を指《ゆび》さした。

というか、なんなのこの部屋《へや》!!　子《こ》ども部屋《べや》とは思《おも》えないような広《ひろ》さ。

内装《ないそう》はシックで、豪華《ごうか》なL字《じ》ソファに、なんインチあるの?ってくらい大画面《だいがめん》のテレビ。

お金持《かねも》ちは違《ちが》うな〜と思《おも》いながら、指示《しじ》されたドアを開《あ》けてまたビックリ。

そこは寝室《しんしつ》で、キングサイズはあるだろうベッドと、ウォークインクローゼットが備《そな》え付《つ》けられていた。

タオルをしまおうとするとまた別の扉《とびら》を指《さ》され、開《あ》けるとそこはなんとバスルーム。

バスとトイレつきの個室《こしつ》ってどういうこと⁉

まるで、マンションの一室《いっしつ》だ。

「終《お》わりました」

メイド長《ちょう》に教《おし》えてもらったとおりのあいさつをして出《で》ようとして、思《おも》い出《だ》す。

「あのっ……」

声《こえ》をかけると、スマホから顔《かお》をあげる蓮夜《れんや》くん。

「今日《きょう》はありがとう。その……質問《しつもん》から遠《とお》ざけてくれて……」

「ああ……」

そのことか、とソファから立《た》ち上《あ》がってゆっくりこっちに近《ちか》づいてくる。

な、なにっ？

身構《みがま》えていると、私《わたし》の一歩手前《いっぽてまえ》で足《あし》を止《と》めた。

こうしてみると、すごく背《せ》が高《たか》い。私《わたし》と軽《かる》く頭《あたま》ひとつ分《ぶん》は差《さ》がある。

「あれ以上《いじょう》しゃべってボロが出《で》たら困《こま》るだろ？」

首《くび》をわずかに傾《かたむ》けて、片方《かたほう》の口角《こうかく》を上《あ》げる。

「……っ」

……優《やさ》しいなんて思《おも》ったのが間違《まちが》いだった！　やっぱりお金持《かねも》ちはひねくれてるんだ。

「では、失礼《しつれい》しますっ！」

元気《げんき》よく言《い》って深《ふか》くお辞儀《じぎ》をすると、私《わたし》は部屋《へや》を飛《と》び出《だ》した。

うわ――――、感《かん》じ悪《わる》いっ！

気《き》を取《と》り直《なお》して、廊下《ろうか》にあるカートを押《お》す。

次《つぎ》は橙弥《とうや》くんの洗濯物《せんたくもの》。

蓮夜《れんや》くんの部屋《へや》の隣《となり》の扉《とびら》を通過《つうか》し、その隣《となり》が橙弥《とうや》くんの部屋《へや》らしい。

見《み》た目《め》は橙弥《とうや》くんの方《ほう》が柔和《にゅうわ》な感《かん》じがするけれど、こちらもこちらでなかなか難《むずか》しいかもしれない……という予想《よそう》は的中《てきちゅう》し。

「触《さわ》んなよ！」

部屋《へや》に入《はい》り、一言断《ひとことことわ》ってから勝手《かって》に洗濯物《せんたくもの》をしまおうとしたらすごい剣幕《けんまく》で怒《おこ》られた。

蓮夜《れんや》くんとは違《ちが》い、ナチュラルな色味《いろみ》で統一《とういつ》された部屋《へや》の空気《くうき》に似合《にあ》わない声《こえ》。

「いつもの人《ひと》は？」

「今日《きょう》から私《わたし》が担当《たんとう》することになったので」

「なんで？　いやなんだけど」

うっ……。こっちはこっちでまた手《て》きびしいな……。

確《たし》かに、本職《ほんしょく》の人《ひと》にお世話《せわ》されるのに比《くら》べたら、私《わたし》なんかにやってほしくないよね。

同級生《どうきゅうせい》に洗濯物《せんたくもの》を触《さわ》られるとか、イヤな気持《きも》ちはわかる。

だけど。

「これが私《わたし》の仕事《しごと》だから。イヤなことはしないから、教《おし》えてもらえたら助《たす》かる」

毅然《きぜん》としてそう言《い》うと、一瞬《いっしゅん》言葉《ことば》に詰《つ》まる橙弥《とうや》くん。

あっ……。御曹司《おんぞうし》さまに、生意気《なまいき》な口聞《くちき》いちゃったかな……。

でも、奥《おく》さまにも対等《たいとう》に接《せっ》するように言《い》われたし。

「……わかったよ」

怒《おこ》られるかと思《おも》ったけど、それ以上《いじょう》はなにも言《い》ってこなくて、とりあえず今日《きょう》のノルマは達成《たっせい》できた。

ふたりきりの夕食《ゆうしょく》

——で、どうしてこんなことになっているんだろう。

夕飯《ゆうはん》の時間《じかん》。

用意《ようい》ができたと蓮夜《れんや》くんを呼《よ》びに行《い》ったのはいいんだけど。

なぜか今《いま》、私《わたし》の前《まえ》にも豪華《ごうか》なディナーが用意《ようい》されている。

「これからセレブに囲《かこ》まれて生活《せいかつ》するんだ。基本的《きほんてき》なマナーも身《み》につけないと、だろ？」

「は、はあ……」

そう言《い》う蓮夜《れんや》くんは、たくさんのスプーンやフォークが並《なら》べられる中《なか》、慣《な》れた手《て》つきで食事《しょくじ》を進《すす》めていく。

基本《きほん》、旦那《だんな》さまと奥《おく》さまとは食事《しょくじ》は別《べつ》みたい。

橙弥《とうや》くんは自分《じぶん》の部屋《へや》で食《た》べるらしく、呼《よ》びに行《い》かなくていいと言《い》われた。

だから、大《おお》きいテーブルで蓮夜《れんや》くんと向《む》かいあって座《すわ》っているんだけど……。

どのフォークを使《つか》えばいいの!?

テーブルマナーとは無縁《むえん》な生活《せいかつ》をしてきたんだから、わかるわけない。

セレブな学校《がっこう》に通《かよ》っても、私《わたし》がセレブになるわけじゃないからこんなの必要《ひつよう》ないのに。

「フォークとナイフは端《はし》から使《つか》う。食《た》べ終《お》わったら皿《さら》に乗《の》せておいて、次《つぎ》の料理《りょうり》が来《き》たらまた端《はし》のフォークとナイフを取《と》る」

「そ、そうなんだ……」

目《め》の前《まえ》には、前菜《ぜんさい》と呼《よ》ばれるプレートが置《お》かれていた。

大《おお》きいお皿《さら》に、少《すこ》しずついろんな種類《しゅるい》のお料理《りょうり》が乗《の》っているの。

どれも見《み》たことないし、いったいなんていう名前《なまえ》の料理《りょうり》なんだろう。

何《なに》かがサーモンに巻《ま》かれていたり、小《ちい》さなガラス容器《ようき》に入《はい》ってるこの黒《くろ》いツブツブは、もしかしてキャビア⁉

こんなの私《わたし》が食《た》べていいのかな。

私《わたし》はチラチラ蓮夜《れんや》くんをカンニングしながら、一番端《いちばんはし》に置《お》かれていたナイフとフォークを手《て》に取《と》って食《た》べ始《はじ》めた。

わ〜、なんておいしいの！

セレブって、毎日《まいにち》こんな食事《しょくじ》してるの？　そりゃ髪《かみ》や肌《はだ》の艶《つや》もよくなって当然《とうぜん》だ。

わ、このお肉《にく》はなに？　やわらか〜い。

「ん〜〜」

目《め》を閉《と》じて味《あじ》わいながら、ゆっくりモグモグする。

飲《の》みこんじゃうのがもったいないけど……ごっくん！　あ〜、おいしかった。

そして目《め》を開《あ》けると、私《わたし》をじっと見《み》ている蓮夜《れんや》くんの瞳《ひとみ》とぶつかった。

——ガシャン！

思《おも》わず動揺《どうよう》して、ナイフをお皿《さら》の上《うえ》に落《お》としてしまう。

そのナイフは、はずみでそのまま床《ゆか》へ。

「わわわっ！」

やだ恥《は》ずかしいっ！

目《め》の前《まえ》に蓮夜《れんや》くんがいるのに、私《わたし》ってばどんな顔《かお》してた!?　しかもナイフ……！

テンパっていると、すぐにメイドさんがすっとんできた。

「新《あたら》しいものにお取替《とりか》えします」

「自分《じぶん》でやります！」

そんなこと人様《ひとさま》にさせるわけには……！　椅子《いす》からぴょんと立《た》ち上《あ》がると。

「座《すわ》っとけよ」

蓮夜《れんや》くんの声《こえ》。

「食事中《しょくじちゅう》に席《せき》を立《た》つとかマナーが悪《わる》い」

「だって！」

「それもメイドの仕事《しごと》なんだよ。あの人《ひと》たちの仕事《しごと》を奪《うば》うな」

「……っ」

そういうもの……？

たしかに人《ひと》の仕事《しごと》を取《と》るのは良《よ》くないけど、自分《じぶん》の後始末《あとしまつ》ぐらい自分《じぶん》でしたいと思《おも》うのは、間違《まちが》ってるのかな。

「テーブルマナーを学《まな》びに来《き》てるんだろ。だったら言《い》われたとおりにしとけよ」

なにも反論《はんろん》するすべもなく、私《わたし》は縮《ちぢ》こまる。

「てか、うまそうに食《く》うんだな」

怒《おこ》っているのかと思《おも》ったら、そうでもなかったみたいで。

フッと鼻《はな》で笑《わら》う蓮夜《れんや》くん。

「……だって、本当《ほんとう》においしいから」

「そう？」

そう言《い》いながら、なんのありがたみもなさそうにパクパク口《くち》へ運《はこ》んでいく。

「ええっ？　味覚大丈夫《みかくだいじょうぶ》？　あっ……」

これは失言《しつげん》だったと慌《あわ》てて手《て》を口《くち》に持《も》って行《い》ったけど、ばっちり聞《き》こえてたみたい。

明《あき》らかにその顔《かお》は引《ひ》きつっていた。

「ご、ごめん。でも、せっかくこんなにおいしいお料理《りょうり》、ゆっくり味《あじ》わって食《た》べないともったいないなって。だって、そんなしかめっ面《つら》で食《た》べてておいしい？　いつもひとりで食《た》べてるの？　食事《しょくじ》はだれかと食《た》べてこそおいしいのに」

私《わたし》はできるだけ、お母《かあ》さんが仕事《しごと》から帰《かえ》ってくるのを待《ま》って一緒《いっしょ》に食《た》べていた。

ここにも大勢《おおぜい》の人《ひと》がいる。

でもみんな部屋《へや》の隅《すみ》に立《た》っているだけで、会話《かいわ》をするわけじゃない。

それは、メイドさんや執事《しつじ》さんという立場《たちば》だから仕方《しかた》ないのかもだけど。

「親《おや》は会食《かいしょく》してくることが多《おお》いし、橙弥《とうや》もあのとおりだ。だから俺《おれ》はやむを得《え》ずひとりで食《く》ってんだよ。スマホ見《み》てないだけいいだろ」

投《な》げやりな言《い》い方《かた》。

その裏《うら》には、少《すく》なからずともさみしさが含《ふく》まれている気《き》がして、悪《わる》いことを言《い》っちゃったかなと思《おも》う。

これだけ不自由《ふじゆう》のない暮《く》らしなのに、家族《かぞく》の団《だん》らんとは無縁《むえん》の生活《せいかつ》なのは、やっぱりさみしいよね……。

「でも、今日《きょう》からは私《わたし》がいるよね」

思《おも》わず、言《い》っていた。私《わたし》みたいのでも、いるのといないのじゃ違《ちが》うかなって。

現《げん》に、こうして会話《かいわ》が生《う》まれているんだし。

そう言《い》うと、蓮夜《れんや》くんはフォークを口《くち》にいれる寸前《すんぜん》で手《て》を止《と》めて私《わたし》を見《み》た。

「おまえ、名前《なまえ》なんだっけ」

「川西《かわにし》、だけど」

「……下《した》」

「下《した》……？　あっ……名前《なまえ》は、莉桜《りお》だよ」

「ふーん、莉桜《りお》、ね」

ふいに、胸《むね》がどくんと音《おと》を立《た》てた。

まさか、蓮夜《れんや》くんに名前《なまえ》を呼《よ》ばれるとは思《おも》わなかったから。

「まあ、莉桜《りお》でもいないよりはましか」

フッと口《くち》もとをあげて、フォークを口《くち》に運《はこ》ぶ蓮夜《れんや》くん。

その言《い》い方《かた》は気《き》になるけど……なんだか少《すこ》し嬉《うれ》しかった。

学園《がくえん》の一大《いちだい》イベント

翌日《よくじつ》。私《わたし》が登校《とうこう》すると、教室《きょうしつ》の空気《くうき》がおかしくなった。

それまでにぎやかにおしゃべりしていた声《こえ》が、ピタッと止《と》まったのだ。

とくに百合園《ゆりぞの》さん。取《と》り巻《ま》きらしき子《こ》たちとこっちを見《み》てヒソヒソ話《はな》している。

え、なに？　もしかして、もう私《わたし》の素性《すじょう》がバレた？

「莉桜《りお》ちゃんおはよう」

「あ、おはよう！」

でも、くるみちゃんは変《か》わらず接《せっ》してくれたから、そうではなさそうだけど……。

戸惑《とまど》いながら椅子《いす》を引《ひ》いた私《わたし》の様子《ようす》を、くるみちゃんも感《かん》じ取《と》ってくれているよう。

小声《こごえ》で私《わたし》に耳打《みみう》ちする。

「百合園《ゆりぞの》さんたち、なんか感《かん》じ悪《わる》いね。ただの嫉妬《しっと》だと思《おも》うから気《き》にしなくて大丈夫《だいじょうぶ》だよ」

「嫉妬《しっと》？」

「昨日《きのう》、皇帝《こうてい》が莉桜《りお》ちゃんをかばったでしょ？」

「ああ……あれね……」

あれはかばってくれたんじゃないけど。

私《わたし》でも誤解《ごかい》しちゃったくらい。百合園《ゆりぞの》さんたちにもそう見《み》えたのかも。

「それがおもしろくないんだよ。今《いま》はペア決《ぎ》めの神経質《しんけいしつ》な時期《じき》でもあるからね」

「ペア決《ぎ》め？」

なにも分《わ》かっていない私《わたし》に、くるみちゃんが説明《せつめい》してくれる。

「これから先《さき》、何《なに》かとイベントごとに男女《だんじょ》ペアを組《く》まされるの。それも将来役立《しょうらいやくだ》つ社交《しゃこう》の場《ば》でのふるまいとかを学《まな》ぶためなんだけど。その相手《あいて》を、十一月中旬《じゅういちがつちゅうじゅん》の学園創立祭《がくえんそうりつさい》までに決《き》めなきゃいけないんだ」

「えっ、なにそれ」

十一月中旬《じゅういちがつちゅうじゅん》て、あと二《に》か月《げつ》くらいだ。

「あれ？　転入《てんにゅう》するときに説明《せつめい》なかった？」

「ないないないっ」

そんなの聞《き》いてない……！

それって私《わたし》も？　この学園《がくえん》の人《ひと》たちには必要《ひつよう》かもしれないけれど、私《わたし》には必要《ひつよう》ないよね……。

「でね、うちの学校《がっこう》には日本三大財閥《にほんさんだいざいばつ》の御曹司《おんぞうし》がいるの。ひとりは皇帝《こうてい》でしょ。で、もうひとりは西園寺財閥《さいおんじざいばつ》の御曹司《おんぞうし》、通称王子《つうしょうおうじ》。もうひとりは花菱財閥《はなびしざいばつ》の御曹司《おんぞうし》、通称《つうしょう》スター。みんな、彼《かれ》らとペアになりたくて必死《ひっし》なんだ」

皇帝《こうてい》、王子《おうじ》、スター。名前《なまえ》だけでもすごいなあ。

「あ、スターは、今登校《いまとうこう》してきた人《ひと》だよ」

蓮夜《れんや》くんとは正反対《せいはんたい》に、愛想《あいそ》を振《ふ》りまくりながら入《はい》ってきたその人《ひと》は、周《まわ》りに花《はな》でもちりばめているようなキラキラオーラが出《で》ていて、他《ほか》の人《ひと》とは明《あき》らかに一線《いっせん》を画《かく》している。

「あの人《ひと》が花菱財閥《はなびしざいばつ》の御曹司《おんぞうし》なんだ……」

たしかに、スターという異名《いみょう》がつくのも納得《なっとく》。まるでアイドルみたいだもん。

「私《わたし》、渚《なぎさ》くんとペアになりたいんだけど～」

「あーずるい！　私《わたし》も！」

「ねえ、私《わたし》が先《さき》だよ！」

女《おんな》の子《こ》たちはペアのお願《ねが》いに必死《ひっし》みたいで、花菱《はなびし》くんの見《み》えないところでにらみあっている。

うう～、こわいっ……。

「色《いろ》んな子《こ》とペアの契約《けいやく》ができたらいいんだけどね～。ひとりになんて絞《しぼ》れないよ～」

あはは。花菱《はなびし》くんも花菱《はなびし》くんだ。

今聞《いまき》こえてくる会話《かいわ》を聞《き》いただけでも、罪《つみ》な男《おとこ》の子《こ》だな、と思《おも》う。

「三人《さんにん》も誰《だれ》かとペアを組《く》むわけだし、負《ま》けられない戦《たたか》いが始《はじ》まってるんだよ」

「なんかすごいね」

私《わたし》は苦笑《にがわら》い。

たしかに、花菱《はなびし》にくんに迫《せま》っている女《おんな》の子《こ》も、チラチラ蓮夜《れんや》くんに熱視線《ねつしせん》を送《おく》っているようにも見《み》える。

「三人《さんにん》は高嶺《たかね》の花《はな》すぎるけど、もうペアが決《き》まっている人《ひと》も結構《けっこう》いるんだよ」

「くるみちゃんは？」

「私《わたし》は全然《ぜんぜん》。結局直前《けっきょくちょくぜん》まで決《き》められなかった場合《ばあい》は、学校《がっこう》が組《く》んでくれるの。私《わたし》はそれでいいかなっ」

それを聞《き》いて一安心《ひとあんしん》。

私《わたし》も相手《あいて》を見《み》つけなきゃいけないなら、学校《がっこう》が決《き》めてくれるのに従《したが》おう。

「それでね、創立祭《そうりつさい》のときに鮫嶋邸《さめじまてい》の大広間《おおひろま》で結成式《けっせいしき》が行《おこな》われるの。そこはホテルの披《ひ》露宴会場《ろうえんかいじょう》みたいにすごいらしいんだ！　鮫嶋邸《さめじまてい》ってどんな風《ふう》になってるんだろうね。すごく楽《たの》しみ！」

「えっ、鮫嶋邸《さめじまてい》で？」

ドキッとした。

離《はな》れとはいえ、私《わたし》は敷地内《しきちない》に住《す》んでいるんだし、なんだかひやひやしちゃう。

大広間《おおひろま》って……。どこにあるんだろう。

食事《しょくじ》の場所《ばしょ》ものすごく豪華《ごうか》だったけど、それ以上《いじょう》にすごいんだろうな。

うっとりした目《め》をするくるみちゃんに、わたしは何《なに》も知《し》らないふりして苦笑《にがわら》いするしかなかった。


ブオンッ！　ブオンッ！

空《くう》を切《き》る音《おと》が、静《しず》かな庭《にわ》に響《ひび》き渡《わた》る。

私《わたし》は今《いま》、何《なに》をしているかというと。竹刀《しない》で素振《すぶ》りをしているのだ。

お母《かあ》さんを見習《みなら》って、私《わたし》も護身術《ごしんじゅつ》を少《すこ》しだけど独学《どくがく》で勉強《べんきょう》している。

習《なら》いに行《い》かなくたって動画《どうが》を見《み》れば基本《きほん》は学《まな》べるしね。

竹刀《しない》の素振《すぶ》りは私《わたし》の日課《にっか》。姿勢《しせい》もよくなるしストレス発散《はっさん》にもなるし、一石二鳥《いっせきにちょう》なの。

雑草魂《ざっそうだましい》、今日《きょう》もがんばります！

「なにやってんだよ」

「ひゃあ……っ！」

突然《とつぜん》の声《こえ》に奇声《きせい》をあげてしまう。

夢中《むちゅう》になりすぎて、誰《だれ》かが来《き》たのに気《き》づかなかった。

「び、びっくりしたぁ……」

私《わたし》の前《まえ》に顔《かお》を出《だ》したのは蓮夜《れんや》くん。

「……なんだよ」

私《わたし》の驚《おどろ》き方《かた》に、蓮夜《れんや》くんのほうが驚《おどろ》いているようだった。

「えっと、見《み》てのとおり素振《すぶ》りだけど」

「なんのために？」

「ほら、なにかあったらこれで蓮夜《れんや》くんを守《まも》ることも出来《でき》るよ！」

それは嘘《うそ》じゃない。竹刀《しない》は威嚇《いかく》には最適《さいてき》だし。

そう元気《げんき》に言《い》いながら素振《すぶ》りを続《つづ》けていると、竹刀《しない》を振《ふ》り上《あ》げた瞬間《しゅんかん》、腕《うで》をつかまれた。

パシンッ——という音《おと》が、庭《にわ》に響《ひび》く。

「俺《おれ》が莉桜《りお》に守《まも》ってもらうと思《おも》うか？」

「……っ」

その力強《ちからづよ》さに、一瞬《いっしゅん》たじろいだ。

男《おとこ》の人《ひと》の力《ちから》って、こんなに強《つよ》いんだ……。

「自分《じぶん》のことは自分《じぶん》でどうにかするし」

長《なが》い前髪《まえがみ》のすき間《ま》からのぞく切《き》れ長《なが》の目《め》もとが、自信《じしん》たっぷりに私《わたし》を見《み》つめる。

「莉桜《りお》に守《まも》ってもらうほどヤワじゃねえの」

「…………」

そっか。私《わたし》が蓮夜《れんや》くんを守《まも》ろうなんて、ただの思《おも》い上《あ》がりなのかも。

そのとき、自分《じぶん》の手《て》を見《み》てはっとした。

クラスの女《おんな》の子《こ》たちとはまるで違《ちが》う荒《あ》れた手《て》に、手入《てい》れもされていない爪《つめ》。

見《み》られるのが恥《は》ずかしくて、ゆっくり腕《うで》を下《さ》げて後《うし》ろに隠《かく》した。

「てか、俺《おれ》が近《ちか》づいてることにも気《き》づかなかったくせに」

「あははっ、そうだよね」

たしかに素振《すぶ》りに夢中《むちゅう》になりすぎて、周《まわ》りが目《め》に入《はい》ってなかった。

それじゃあ意味《いみ》ないか。

的確《てきかく》すぎる指摘《してき》に反論《はんろん》する余地《よち》もなく、笑《わら》うしかできない私《わたし》。蓮夜《れんや》くんもあきれてる。

「……ったく、親子《おやこ》そろって……。危険《きけん》なことだけはすんなよ」

口調《くちょう》は決《けっ》して優《やさ》しいとは言《い》えないけど、言《い》ってることは優《やさ》しい。

蓮夜《れんや》くん、本当《ほんとう》はどんな人《ひと》なんだろう……。

少《すこ》しだけ、蓮夜《れんや》くんのことが知《し》りたくなった。

王子《おうじ》な御曹司《おんぞうし》さま

「莉桜《りお》ちゃん、また明日《あした》ね！」

「うん、バイバイ！」

私《わたし》はくるみちゃんに手《て》を振《ふ》ってから、職員室《しょくいんしつ》へ向《む》かった。

宮帝学園《きゅうていがくえん》に転入《てんにゅう》してから早《はや》二《に》週間《しゅうかん》。だいぶこの学校《がっこう》にも慣《な》れてきた。

とくに驚《おどろ》いたのがランチルーム。

想像《そうぞう》していた学校《がっこう》の学食《がくしょく》とはずいぶん違《ちが》って、ホテルのランチで出《で》てくるようなオシャレなメニューもあったりしてびっくりしちゃった。

しかも、支払《しはら》いはスマホのアプリと連動《れんどう》していて、学費《がくひ》から一括《いっかつ》で引《ひ》き落《お》とされるシステム。

私《わたし》の場合《ばあい》は鮫嶋家《さめじまけ》が払《はら》ってくれているから、あまり高《たか》い物《もの》は食《た》べないように気《き》を使《つか》っちゃう。

その他《ほか》にも、今《いま》まで通《かよ》っていた中学校《ちゅうがっこう》とは比《くら》べ物《もの》にならないほどのハイテク施設《しせつ》が満《まん》載《さい》で、世《よ》の中《なか》は公平《こうへい》じゃないんだなあと思《おも》い知《し》らされる日々《ひび》。

「あれ……？」

職員室《しょくいんしつ》で用《よう》を済《す》ませたのはいいけれど、自分《じぶん》が今《いま》どこにいるのかわからなくなっちゃった！

校内《こうない》が広《ひろ》すぎるんだもん。

「えーっと」

うろうろしていると、どこからかピアノの音《おと》が聞《き》こえてきた。

きれいな音色《ねいろ》……。

足《あし》を進《すす》めると、どんどんその音《おと》は近《ちか》くなって、たどり着《つ》いたのは音楽室《おんがくしつ》。

プロが弾《ひ》いているような演奏《えんそう》に、思《おも》わず聞《き》きほれてしまう。

「先生《せんせい》かな？」

気《き》になってそっと引《ひ》き戸《ど》を開《あ》けると、白《しろ》いグランドピアノに向《む》かっていたのは、美《うつく》しい顔《かお》をした男《おとこ》の子《こ》だった。

音量《おんりょう》も一気《いっき》に上《あ》がり、ますますその演奏《えんそう》に引《ひ》き込《こ》まれていく。

すごいなあ。私《わたし》もこんな風《ふう》に弾《ひ》けるようになりたかった……。

小学生《しょうがくせい》のころ、友達《ともだち》はみんなピアノを習《なら》っていて。

私《わたし》も習《なら》いたかったけど、お母《かあ》さんには言《い》えなかった。

だから、音楽室《おんがくしつ》のピアノをたくさん弾《ひ》かせてもらったんだ。

「そんなところにいないで中《なか》へどうぞ」

気《き》がついたらピアノは止《や》んでいて、男《おとこ》の子《こ》が手招《てまね》きしていた。

「わ、私《わたし》!?」

「そう、私《わたし》」

軽《かる》く笑《わら》った男《おとこ》の子《こ》は、もう一度手招《いちどてまね》きし、私《わたし》は引《ひ》き寄《よ》せられるように中《なか》へ入《はい》った。

「キミもピアノ弾《ひ》けるの？」

「私《わたし》は全然《ぜんぜん》っ。もう猫《ねこ》ふんじゃったが精《せい》いっぱいで……」

あっ、すご腕《うで》の人《ひと》の前《まえ》で恥《は》ずかしいこと言《い》っちゃった。

けれど彼《かれ》は笑《わら》うことなく。

「へー、聞《き》いてみたいな」

そう言《い》って腰《こし》を上《あ》げ、椅子《いす》の左端《ひだりはし》にずれた。

え？　これは、隣《となり》に座《すわ》れってこと？

私《わたし》の無言《むごん》の問《と》いかけに、彼《かれ》は同《おな》じように無言《むごん》で空《あ》いている右側《みぎがわ》を示《しめ》す。

「むむむむりですっ！　人様《ひとさま》に聞《き》かせられるようなものじゃないからっ……」

「いいからいいから」

それでも彼《かれ》は笑《わら》いながら私《わたし》の腕《うで》を引《ひ》っ張《ぱ》るから、強制的《きょうせいてき》に椅子《いす》に腰《こし》を下《お》ろしてしまった。

なんかもう、拒否権《きょひけん》ない感《かん》じ……？

「じゃ、じゃあ行《い》きます……」

けんばんに指《ゆび》を下《お》ろすと、ぽろんと音《おと》が鳴《な》る。グランドピアノだから、とても重《おも》たくて音《おと》にも厚《あつ》みがあった。

じんわり浮《う》かんできた汗《あせ》を飛《と》ばすように、手《て》をグーパーグーパーしてから、もういちど

けんばんに指《ゆび》を乗《の》せた。

小学生《しょうがくせい》の時《とき》、放課後《ほうかご》飽《あ》きるほど弾《ひ》いた【猫《ねこ》ふんじゃった】。

指《ゆび》が覚《おぼ》えていて、勝手《かって》にけんばんを探《さが》す。そのうち、彼《かれ》も連弾《れんだん》してくれて……。

「楽《たの》しかったー！」

弾《ひ》き終《お》えたときは、爽快感《そうかいかん》でいっぱいだった。

「お見事《みごと》ー」

拍手《はくしゅ》までもらっちゃった。

「そんな……。一緒《いっしょ》に弾《ひ》いてくれてありがとうございました」

「どういたしまして。いつもひとりで弾《ひ》いているから、僕《ぼく》も楽《たの》しかったよ」

彼《かれ》の顔《かお》をよく見《み》ると、そのきれいさにびっくりした。

ふわっとやわらかそうな髪《かみ》の毛《け》。

すべてのパーツが整《ととの》ったシャープで小《ちい》さい顔《かお》は、まるで生成《せいせい》ＡＩが作《つく》り上《あ》げたよう。

「すごい、きれいな顔《かお》……」

思《おも》わず心《こころ》の声《こえ》が出《で》ちゃう。

彼《かれ》は一瞬《いっしゅん》きょとんとした後《あと》、口《くち》を開《あ》けて笑《わら》った。

「あははは。キミっておもしろいね。ていうか、僕《ぼく》のこと知《し》らないの？」

「あっ、ごめんなさい。まだ転入《てんにゅう》してきて間《ま》もなくて……二年花組《にねんはなぐみ》の川西莉桜《かわにしりお》です」

うっかりしてた。ここには御曹司《おんぞうし》たちがたくさんいるから、知《し》らないほど失礼《しつれい》なことはないのかもしれない。

あわてて自己紹介《じこしょうかい》して謝《あやま》ると、深《ふか》くうなずいた彼《かれ》。

「ああ、転入生《てんにゅうせい》ってキミのことだったんだ。僕《ぼく》は二年月組《にねんつきぐみ》の、西園寺葵《さいおんじあおい》。よろしくね」

西園寺《さいおんじ》……？

どこかで聞《き》いたような名前《なまえ》だなと思《おも》いながら、そのきれいな顔《かお》をじっと眺《なが》めて。

だんだん背中《せなか》に冷《つめ》たい汗《あせ》が浮《う》かんできた。

もしかしてこの人《ひと》……くるみちゃんが言《い》ってた日本三大財閥《にほんさんだいざいばつ》のひとつ、西園寺財閥《さいおんじざいばつ》の御《おん》曹司《ぞうし》⁉

「大丈夫《だいじょうぶ》？　固《かた》まってるよ」

ひらひらと目《め》の前《まえ》で手《て》を振《ふ》られる。

「あ、あああ……っ」

ちょっと待《ま》って。私《わたし》もしかしてすごい人《ひと》としゃべってる⁉

今《いま》さらとんでもないことだと気《き》づき、あわてて椅子《いす》からぴょんと立《た》ち上《あ》がった。

王子《おうじ》って異名《いみょう》がついているとおり、本当《ほんとう》に王子《おうじ》さまみたいな人《ひと》だ。

蓮夜《れんや》くんや花菱《はなびし》くんとはまた違《ちが》って、品《ひん》の良《よ》さから人当《ひとあ》たりのよさまで御曹司《おんぞうし》というにぴったりな人《ひと》。

「ほんとおもしろいね、気《き》に入《い》った」

そんな笑顔《えがお》で言《い》われても……！

粗相《そそう》はなかったかな……ていうか、粗相《そそう》だらけじゃない⁉

ド素人《しろうと》の猫《ねこ》ふんじゃったを聞《き》かせて、いっしょに弾《ひ》かせて……。

うわあ～。なんてことだと頭《あたま》を抱《かか》えていた時《とき》だった。

「おい、なにやってんだよ」

背後《はいご》にかけられた冷《ひ》ややかな声《こえ》に、我《われ》に返《かえ》る。

私《わたし》を通《とお》り越《こ》した西園寺《さいおんじ》くんの目《め》は、背後《はいご》の人物《じんぶつ》に向《む》けられて。

「あ、蓮夜《れんや》じゃん」

蓮夜《れんや》……？

ぎょっとして振《ふ》り返《かえ》ると、そこには蓮夜《れんや》くんが突《つ》っ立《た》っていた。

ポケットに手《て》を突《つ》っ込《こ》みながら、少《すこ》し眉《まゆ》をひそめて。

ななな、なんで蓮夜《れんや》くんが……！

また違《ちが》った汗《あせ》がふき出《だ》してくる。

「帰《かえ》るぞ」

そして私《わたし》の手《て》をつかむと、くるりと方向転換《ほうこうてんかん》。

「ええっ。あのっ……失礼《しつれい》しましたっ！」

なにがなんだかわからないまま、私《わたし》は蓮夜《れんや》くんに引《ひ》きずられるようにして音楽室《おんがくしつ》を出《で》た。

お姫《ひめ》さま待遇《たいぐう》は困《こま》ります！

「帰《かえ》ろうとしたら、莉桜《りお》の車《くるま》の運転手《うんてんしゅ》が、莉桜《りお》がまだ来《こ》ないって困《こま》ってた」

音楽室《おんがくしつ》を出《で》たところで、やっと手《て》を離《はな》す蓮夜《れんや》くん。

「あっ！」

まずい。用《よう》を済《す》ませたらすぐに出《で》るつもりが、私《わたし》ってば道草《みちくさ》を……。

「遅《おそ》くなる時《とき》は、連絡《れんらく》入《い》れろよ」

「そうだった、ごめんなさい」

運転手《うんてんしゅ》さんはもちろん、鮫嶋家《さめじまけ》にも迷惑《めいわく》がかかるのに。

「それと」

口調《くちょう》が少《すこ》し強《つよ》くなる。

「西園寺《さいおんじ》葵《あおい》には気《き》をつけろ」

チラリと私《わたし》を見《み》るその目《め》は、ゾクッとするほど冷《つめ》たかった。

「え……」

どういう意味《いみ》なのかな。

だけど今《いま》の私《わたし》には、それを聞《き》く余裕《よゆう》はなかった。

昇降口《しょうこうぐち》を出《で》ると、蓮夜《れんや》くんは横《よこ》づけされている一台《いちだい》の横長《よこなが》の車《くるま》を指《ゆび》さした。

「乗《の》れよ」

「えっ？」

これは、私《わたし》がいつも乗《の》っている車《くるま》じゃないけど……。

「莉桜《りお》の車《くるま》は帰《かえ》らせた」

そっか。いつまでも待《ま》ってもらうわけにはいかないもんね。

「失礼《しつれい》します。うわっ……」

乗《の》って、ひっくり返《かえ》りそうになった。

見《み》た目《め》から普通《ふつう》の車《くるま》とは違《ちが》うと思《おも》っていたけど、スケールが違《ちが》いすぎるよ！

これはリムジンってやつみたいで、まるでパーティーでもできそうな内装《ないそう》だった。

天井《てんじょう》の照明《しょうめい》は無駄《むだ》にキラキラしているし、横長《よこなが》に向《む》かい合《あ》わせになっているソファはフカフカ。

テーブルの上《うえ》には果物《くだもの》や飲《の》み物《もの》まで用意《ようい》されている。

下校《げこう》するだけなのに、こんなおもてなし必要《ひつよう》……？

「西園寺《さいおんじ》葵《あおい》となにしてたんだよ」

腕《うで》と足《あし》を組《く》みながらソファにふんぞり返《かえ》る蓮夜《れんや》くん。

うわあ、なんか怖《こわ》い。まるで尋問《じんもん》。

「なにって、……ピアノの音《おと》が聞《き》こえて来《き》たから引《ひ》き寄《よ》せられちゃって」

「はあ？　なんだよそれ。……てか、莉桜《りお》もピアノ弾《ひ》けんだな」

私《わたし》は首《くび》を横《よこ》に振《ふ》る。

「私《わたし》は遊《あそ》びでやってただけだよ。……でも、西園寺《さいおんじ》くんが弾《ひ》かせてくれたからお言葉《ことば》に甘《あま》えて……」

「ピアノならうちにもある。俺《おれ》も弾《ひ》けるし」

「え？」

まるで対抗《たいこう》するような口調《くちょう》。

「弾《ひ》きたかったら弾《ひ》けよ、大広間《おおひろま》にあるから。音楽室《おんがくしつ》なんかよりでっかいグランドピアノが」

「お、大広間《おおひろま》……」

それは噂《うわさ》の……。

ますます私《わたし》なんかが気安《きやす》く行《い》けるところじゃないよ！

とんでもないことを言《い》うからビックリしちゃう。

だけど家《いえ》に帰《かえ》った私《わたし》を待《ま》っていたのは、それが吹《ふ》き飛《と》ぶくらいもっとすごいことだったんだ。


「今日《きょう》から莉桜《りお》さんには本邸《ほんてい》に住《す》んでもらいます」

出迎《でむか》えた執事《しつじ》さんにそう言《い》われ、私《わたし》はわけもわからないまま本邸《ほんてい》へ通《とお》された。

その後《ご》メイドさんに案内《あんない》されたのは、蓮夜《れんや》くんと橙弥《とうや》くんの間《あいだ》にあった部屋《へや》。

「さあ、こちらです」

まさか、とは思《おも》うけど……。

メイドさんが開《ひら》いた扉《とびら》の向《む》こうに見《み》えたのは、そのまさか。

「いや、さすがにここはちょっと……」

うそでしょ……。

だって、蓮夜《れんや》くんや橙弥《とうや》くんと同《おな》じ造《つく》りの、超豪華《ちょうごうか》な部屋《へや》だったんだもん！

蓮夜《れんや》くんがシック、橙弥《とうや》くんがナチュラルだとしたら、私《わたし》は姫仕様《ひめしよう》!?

「いやいやいやいや、こんなところに住《す》めません！」

部屋全体《へやぜんたい》が白《しろ》とピンクからなっていて、カーテンやソファ、その他調度品《ほかちょうどひん》に至《いた》るまでガーリーな感《かん》じでまとめられていた。

ベッドルームにも案内《あんない》されて、さらにひっくり返《かえ》りそうに驚《おどろ》いた。

キングサイズのベッドには天蓋《てんがい》がつけられていて、まるでおとぎ話《ばなし》のプリンセスのベッドみたい。

「ここにあるお洋服《ようふく》や小物《こもの》は、すべて莉桜《りお》さんのものなので、ご自由《じゆう》にお使《つか》いくださいね」

そう言《い》って開《ひら》かれたクローゼットには、たくさんの洋服《ようふく》が掛《か》けられていた。

それだけじゃなくて、バッグや靴《くつ》、帽子《ぼうし》、さらにはアクセサリーも。

「…………」

これは夢《ゆめ》なのかな。

次々《つぎつぎ》と案内《あんない》される非現実《ひげんじつ》な光景《こうけい》に、私《わたし》はただただあぜんとするしかなかった。

そして翌朝《よくあさ》。

大《おお》きなベッドに降《ふ》り注《そそ》ぐ朝《あさ》の光《ひかり》は、窓《まど》の大《おお》きさやカーテンの質感《しっかん》がしっかり計算《けいさん》でもされているかのように明《あか》るく、それでいてやわらかく。おかげでいい目覚《めざ》めだった。

「わっ、もう九時《くじ》！」

スマホの時間《じかん》を見《み》て飛《と》び起《お》きた。

信《しん》じられないくらい寝心地《ねごこち》のいいベッドのせいで、うっかり朝寝坊《あさねぼう》しちゃったじゃん！

土曜日《どようび》でよかった。

ベッドルームを出《で》ると、そこには朝食《ちょうしょく》なのか、サンドイッチやフルーツが置《お》かれていた。

「ちょっと待《ま》ってよ……」

私《わたし》はメイドの娘《むすめ》で間借《まが》りしている身《み》なのに、どうしてこんな待遇《たいぐう》を？

頭《あたま》を悩《なや》ませながらもサンドイッチに手《て》をのばすと、書置《かきお》きを見《み》つけた。

「ん？【食事《しょくじ》と支度《したく》が終《お》わりましたら一階《いっかい》に来《き》てください】……？」

メイドさんからのメモのよう。

お仕事《しごと》かな？

そう思《おも》い、またいつものTシャツとジーパンに着替《きが》えて部屋《へや》を出《で》ると、ちょうど橙弥《とうや》くんが自分《じぶん》の部屋《へや》に入《はい》ろうとしているところだった。

隣《となり》の部屋《へや》から出《で》て来《き》た私《わたし》を見《み》て、橙弥《とうや》くんの動《うご》きが停止《ていし》する。

そりゃそうだよね。どうして私《わたし》がここから出《で》てくるのって。

「あの、実《じつ》は昨日《きのう》からこの部屋《へや》に住《す》むことになって……」

「………」

「私《わたし》もよく意味《いみ》がわからないんだけど……その、よろしく……」

「……そう」

橙弥《とうや》くんはそれだけ言《い》うと、部屋《へや》に入《はい》ってしまった。

奥《おく》さまには、心《こころ》を開《ひら》かせてほしいと頼《たの》まれたけど……。

ムリムリムリムリ！　ぜ——ったいムリ!!

いくら奥《おく》さまからの依頼《いらい》だとしても、できることとできないことがあるよ。

鮫嶋家《さめじまけ》の人間《にんげん》に無理《むり》なことが、私《わたし》なんかにできるわけないもん。

そう開《ひら》きなおって一階《いっかい》へ行《い》くと、メイドさんが待《ま》っていた。

私《わたし》の格好《かっこう》を見《み》て、少《すこ》し不思議《ふしぎ》な顔《かお》をされたあと、ある場所《ばしょ》へ連《つ》れて行《い》かれた。

ここは美容院《びよういん》のように見《み》えるけど……。

大《おお》きい鏡《かがみ》の前《まえ》には豪華《ごうか》な椅子《いす》。それからシャンプー台《だい》のようなものもある。

すると、腰《こし》にハサミをたくさんぶら下《さ》げたオシャレな女《おんな》の人《ひと》がやって来《き》た。

「鮫嶋家《さめじまけ》専属《せんぞく》の美容師《びようし》、広田《ひろた》です。よろしくお願《ねが》いします」

やっぱり！

そうか、鮫嶋家《さめじまけ》の人々《ひとびと》はわざわざ街《まち》の美容院《びよういん》には行《い》かず、美容師《びようし》さんの方《ほう》から出向《でむ》いてくれるんだ。セレブの生態《せいたい》を知《し》って、また驚《おどろ》きが隠《かく》せない。

「奥《おく》さまはもちろん、蓮夜《れんや》さまや橙弥《とうや》さまの髪《かみ》の毛《け》も私《わたし》が担当《たんとう》しているの。だから安心《あんしん》してくださいね」

安心《あんしん》って？

すると、あれよあれよという間《ま》に私《わたし》は椅子《いす》に座《すわ》らされ、クロスをかけられてしまう。

広田《ひろた》さんは、私《わたし》の髪《かみ》の毛《け》を触《さわ》りながら早口《はやくち》であれこれ説明《せつめい》をはじめた。

「もとの髪質《かみしつ》がいいからトリートメントしたらツヤが出《で》るわ。あと、ちょっと動《うご》きを出《だ》すために段《だん》を入《い》れてもいい？　すっごくよくなると思《おも》うの。スタイルは私《わたし》に任《まか》せてもらっていいかしら」

「はあ……」

ことが理解《りかい》できなくて、私《わたし》はただうなずくだけ。

きっと、身《み》だしなみがなってない私《わたし》のために、奥《おく》さまが手配《てはい》してくれたんだ。

ジョリ、と髪《かみ》にハサミが入《い》れられていく。

小学生《しょうがくせい》までお母《かあ》さんに髪《かみ》を切《き》ってもらい、最近千円《さいきんせんえん》カットデビューしたばかりの私《わたし》は、鏡《かがみ》に映《うつ》る美容師《びようし》さんの手《て》さばきにあっけにとられる。

うわあ。まさか私《わたし》がこんなオシャレな美《び》容師《ようし》さんに髪《かみ》を切《き》ってもらえる日《ひ》が来《く》るとは。

それが終《お》わったら液《えき》がつけられ、シャンプー台《だい》に連《つ》れて行《い》かれ……をくり返《かえ》し。

あれだけ寝《ね》たのに、気持《きも》ち良《よ》すぎて途中《とちゅう》うとうとしちゃった……。

「終《お》わったわ！　ほらツヤツヤよ！」

「うわあ……」

うしろに鏡《かがみ》を当《あ》てられて思《おも》わず声《こえ》をあげる。

まるで髪《かみ》に魔法《まほう》がかけられたかのように、きれいになっていたんだ。

さらさらのツヤツヤ！　私《わたし》の髪《かみ》に見《み》たことのない天使《てんし》の輪《わ》が！

「あのぅ……これ、お高《たか》いんですよね……」

「うふふっ。でもこれは鮫嶋家《さめじまけ》からのご依頼《いらい》なので大丈夫《だいじょうぶ》ですよ」

ニコニコ笑《わら》う広田《ひろた》さん。

きっと、ものすごく高《たか》いんだろうな。メイドの娘《むすめ》ごときが申《もう》し訳《わけ》ないよ。


そして夕方《ゆうがた》。

今度《こんど》は部屋《へや》に数人《すうにん》の若《わか》い女性《じょせい》がやって来《き》た。

知《し》らない顔《かお》だから、メイドさんじゃないみたいだけど……。

「今《いま》から爪《つめ》をお手入《てい》れさせてもらいますね」

ええっ、今度《こんど》は爪《つめ》!?

そしてあれよあれよという間《ま》に、切《き》りっぱなしの爪《つめ》はきれいにみがかれ、うすいピンク色《いろ》のネイルカラーが施《ほどこ》される。

仕上《しあ》げはいい香《かお》りのするクリームでマッサージしてもらって、終《お》わったときには手《て》のモデルかと思《おも》うくらい見違《みちが》えていた。

「うわあ、すごい！」

ソファに座《すわ》って、手《て》をひらひらさせながら何度《なんど》も見《み》ちゃう。

私《わたし》の手《て》も、手入《てい》れしたらクラスの子《こ》たちみたいな手《て》になれるんだなあ。

と、我《われ》に返《かえ》る。喜《よろこ》んでる場合《ばあい》じゃないよ。

お母《かあ》さんの代《か》わりにメイドとして働《はたら》きたいのに、どうしてお姫《ひめ》さま扱《あつか》いされてるの!?

橙弥《とうや》くんの素顔《すがお》

翌日《よくじつ》の日曜《にちよう》。

敷地内《しきちない》を散策《さんさく》にでも行《い》ってきては？とメイドさんに言《い》われ、とくに仕事《しごと》もないようなので、そうすることにした。

といっても広《ひろ》すぎるから、どこへ行《い》ったらいいのかよくわからない。

地図《ちず》でも欲《ほ》しいくらい。

建物《たてもの》の一帯《いったい》を抜《ぬ》けると、そこには広大《こうだい》な自然《しぜん》が広《ひろ》がっていた。

家《いえ》の敷地《しきち》とは到底思《とうていおも》えず、これじゃあ噂《うわさ》で言《い》われてる遊園地《ゆうえんち》があってもおかしくなさそう。

「結構歩《けっこうある》いたな……」

遠足《えんそく》のハイキングを思《おも》い出《だ》す。スマホを見《み》ると、もう三十分《さんじゅっぷん》もうろうろしていたみたい。

ところで……。

「ここ、どこ!?」

どこを見渡《みわた》しても、木《き》、木《き》、木《き》！

気《き》づけば私《わたし》は緑《みどり》に囲《かこ》まれていた。

もしかして、迷《まよ》った⁉

まったく方角《ほうがく》がわからなくて、どっちへ行《い》っていいかわからない。

しかも。

カサカサッ……。前《まえ》から物音《ものおと》がする……！

うそ、こんなところに熊《くま》なんていないよね⁉　念《ねん》には念《ねん》を、体勢《たいせい》を低《ひく》くして身構《みがま》えた。

すると現《あらわ》れたのは……。

「橙弥《とうや》くん……？」

ラフなシャツにチノパンにスニーカーという軽装《けいそう》に、首《くび》から高級《こうきゅう》そうなカメラをぶら下《さ》げた橙弥《とうや》くんだったのだ。

「……なにしてんの？」

「あっ、えっと……散策《さんさく》してたら迷《まよ》っちゃって」

正直《しょうじき》に言《い》うと明《あき》らかに不審《ふしん》な顔《かお》をされた。

鮫嶋邸《さめじまてい》にいるときは、もっとカチッとした服《ふく》を着《き》ていたから、雰囲気《ふんいき》がだいぶちがう。

御曹司《おんぞうし》でも、こんなラフな格好《かっこう》するんだ……。

って、私《わたし》もいつものTシャツとジーパンなんだけど。

クローゼットの中《なか》の洋服《ようふく》は、私《わたし》が着《き》るには可愛《かわい》すぎてなんとなく着《き》づらいんだ。

「ここ、すっごく広《ひろ》いんだね。東京《とうきょう》ドーム三個分《さんこぶん》っていう噂《うわさ》、あれ本当《ほんとう》？　それに遊園《ゆうえん》地《ち》もあるっていうのも、もしかして都市伝説《としでんせつ》じゃなかったりする？」

「ちょっと静《しず》かにして」

私《わたし》の話《はなし》をさえぎるようにして、橙弥《とうや》くんは空《そら》を見上《みあ》げた。

そしてピーッと口笛《くちぶえ》を吹《ふ》くと……それに反応《はんのう》するように、白《しろ》い鳥《とり》がやって来《き》た。

橙弥《とうや》くんは首《くび》からぶら下《さ》げていた高級《こうきゅう》そうなカメラを構《かま》え、シャッターを切《き》っていく。

「ええっ、すごい！　もしかして橙弥《とうや》くんて鳥使《とりつか》いなの!?」

撮《と》り終《お》わると、橙弥《とうや》くんはあきれたように言《い》った。

「鳥使《とりつか》いってなんだよ。そんなの聞《き》いたことないし」

今撮《いまと》った画像《がぞう》を確認《かくにん》しながら。

「だ、だよね……」

だけど、口笛《くちぶえ》で鳥《とり》をおびき寄《よ》せることができる人《ひと》はそうそういないと思《おも》う。

「ねえ、見《み》せてもらってもいい？」

おそるおそる聞《き》くと、橙弥《とうや》くんは一瞬《いっしゅん》私《わたし》をジッと見《み》て……カメラを渡《わた》してくれた。

ずっしりと重《おも》いカメラ。

「ここ押《お》すと、前《まえ》のが見《み》れる」

「うん、ありがとう。わっ、すごい！」

ただの鳥《とり》の写真《しゃしん》と思《おも》ってたら大間違《おおまちが》い。

ファインダーいっぱいに、鳥《とり》の表情《ひょうじょう》がしっかりと収《おさ》められていた。

躍動感《やくどうかん》も伝《つた》わってくるし、まるでそこに本物《ほんもの》の鳥《とり》がいるみたいだった。

高性能《こうせいのう》なカメラなのは前提《ぜんてい》として、それなりのセンスがないとこんな写真《しゃしん》は撮《と》れないだろう。

「うわあ……きれい！」

どんどんさかのぼっていくと、そこには鳥《とり》だけじゃなく様々《さまざま》な花《はな》、馬《うま》やうさぎなどの動物《どうぶつ》たちも収《おさ》められていて、見入《みい》ってしまう。

「どこまで見《み》るんだよ」

声《こえ》をかけられて、ようやく手《て》を止《と》めた。

「あ、ごめんね……すっごいきれいだったから、つい」

夢中《むちゅう》になりすぎちゃった。永遠《えいえん》にさかのぼってたら日《ひ》が暮《く》れちゃうよね。

あわててカメラを返《かえ》すと「別《べつ》にいいけど……」とボソリと言《い》われた。

「もしかして、今《いま》の写真《しゃしん》に写《うつ》っていたものって、全部《ぜんぶ》この敷地内《しきちない》で撮《と》ったもの？」

「そうだけど」

「ええっ、すごい！　いいなあ。橙弥《とうや》くんは写真《しゃしん》を撮《と》るのが趣味《しゅみ》なんだね」

写真《しゃしん》を見《み》て、橙弥《とうや》くんは自然《しぜん》が好《す》きなんだと一発《いっぱつ》でわかった。

それは写真《しゃしん》にあふれていた。

そういえば、橙弥《とうや》くんの部屋《へや》もナチュラルな内装《ないそう》だったのを思《おも》い出《だ》す。

観葉植物《かんようしょくぶつ》もたくさん置《お》いてあったし、大《おお》きい水槽《すいそう》もあった。

好《す》きなもののことなら話《はな》してくれるかと思《おも》ったのに、橙弥《とうや》くんの顔《かお》は険《けわ》しくなっていく一方《いっぽう》。

あれ、ダメだった……？

「バカにしてんだろ。大財閥《だいざいばつ》の御曹司《おんぞうし》が、学校《がっこう》にも行《い》かず、将来《しょうらい》に関係《かんけい》ないくだらないことばっかりやってるって」

返《かえ》ってきたのは、あまりにも意外《いがい》な言葉《ことば》。

自嘲《じちょう》気味《ぎみ》に吐《は》き捨《す》てる橙弥《とうや》くんの横顔《よこがお》が、すごくさみしそうに見《み》えた。

もしかして、周《まわ》りにそう言《い》われてるのかな……。

橙弥《とうや》くんは御曹司《おんぞうし》。だけど人《ひと》の好《す》きは、誰《だれ》にも止《と》める権利《けんり》なんてないはず。

「そんなことない！　自然《しぜん》を愛《あい》する橙弥《とうや》くん、すごく素敵《すてき》だと思《おも》う！」

私《わたし》は両手《りょうて》をグッと握《にぎ》りしめて言《い》った。

一瞬《いっしゅん》、あっけにとられたように目《め》をパチパチさせた橙弥《とうや》くん。

「さっき見《み》せてもらった写真《しゃしん》を見《み》れば、橙弥《とうや》くんがどれだけ植物《しょくぶつ》や動物《どうぶつ》を好《す》きなのかが伝《つた》わってくるし、あの写真《しゃしん》には、橙弥《とうや》くんの優《やさ》しさがあふれてたよ！」

あの鳥《とり》や動物《どうぶつ》たちの表情《ひょうじょう》は、橙弥《とうや》くんにしか引《ひ》き出《だ》せないものだと思《おも》う。

こんなに優《やさ》しいのに……だからこそ、大財閥《だいざいばつ》の御曹司《おんぞうし》とのギャップに苦《くる》しんで、鮫嶋家《さめじまけ》の人《ひと》たちとの間《あいだ》に壁《かべ》を作《つく》ってしまっているのかな。

そしてそれを、家族《かぞく》の人《ひと》たちはわかっているのかな。

そう思《おも》ったら、なんだかすごく胸《むね》が苦《くる》しくなった。

「好《す》きなものを好《す》きって言《い》えないの、つらいよね」

なりたい自分《じぶん》と、ならなきゃいけない自分《じぶん》。

そのはざまで、一生懸命《いっしょうけんめい》もがいているのかな……。

橙弥《とうや》くんだけじゃなくて、蓮夜《れんや》くんもそうなのかもしれない。

お金持《かねも》ちに対《たい》して、価値観《かちかん》が違《ちが》うとか話《はなし》が合《あ》わないとか、上辺《うわべ》のことしか見《み》ていなかったけれど。

それはそれで苦労《くろう》があるのかもしれないと、はじめてそっち側《がわ》の人《ひと》の気持《きも》ちを考《かんが》えた。

「……そんなこと言《い》われたのはじめて」

やっと橙弥《とうや》くんが口《くち》を開《ひら》いた。

その言葉《ことば》には、さっきほどのとげとげしさはない。

よかった……。私《わたし》ばっかりベラベラしゃべって引《ひ》かれたかと思《おも》ったよ。

「てか、早《はや》く戻《もど》らないと日《ひ》が暮《く》れるよ。そしたらそのうち熊《くま》もでるし」

「ええっ！　やばいじゃん！」

やっぱり!?と目《め》を丸《まる》くした私《わたし》に、橙弥《とうや》くんは怪訝《けげん》そうに言《い》った。

「……そんなわけないだろ」

「な、なんだあ……」

橙弥《とうや》くんも冗談《じょうだん》言《い》うんだ。だけど、普通《ふつう》の中学生《ちゅうがくせい》っていう瞬間《しゅんかん》が見《み》れて嬉《うれ》しい。

「それで……お願《ねが》いがあるんだけど……」

「お願《ねが》い……？」

「実《じつ》は……戻《もど》りたいんだけど迷《まよ》っちゃって……帰《かえ》り道《みち》教《おし》えて！」

顔《かお》の前《まえ》で両手《りょうて》を合《あ》わせると、橙弥《とうや》くんは初《はじ》めて声《こえ》を出《だ》して笑《わら》った。

毎日《まいにち》のようにフォークとナイフを使《つか》う生活《せいかつ》をしていれば、次第《しだい》にテーブルマナーも身《み》についてきた。

蓮夜《れんや》くんをカンニングしなくても、もう自分《じぶん》の判断《はんだん》で使《つか》える。

宮帝学園《きゅうていがくえん》では月《つき》に一度《いちど》、和洋中《わようちゅう》の食事《しょくじ》マナーの時間《じかん》があるんだって。

今月《こんげつ》は、早速《さっそく》フレンチのフルコースをいただく授業《じゅぎょう》があるらしいから、本当《ほんとう》に助《たす》かったよ。

私《わたし》の髪《かみ》の毛《け》がきれいになったこと、蓮夜《れんや》くんは気《き》づいてるのかな……。

ちょっぴりドキドキしながらのディナー。

「服《ふく》……」

蓮夜《れんや》くんがぽつりとこぼした言葉《ことば》に、私《わたし》は顔《かお》をあげる。

髪《かみ》、じゃなくて、服《ふく》？

私服《しふく》はTシャツしか持《も》っていないから、それをいくつか着《き》まわしているんだけど……。

「クローゼットにいくらでも入《はい》ってるだろ？」

なのに、なんでそんなの着《き》てるんだよってこと？　奥《おく》さまから聞《き》いたのかな？

「やっぱり、これじゃあまずいよね……」

今日森《きょうもり》の中《なか》に行《い》ったままの格好《かっこう》だし、さすがに着替《きが》えるべきだったかな。

蓮夜《れんや》くんだって、この食事《しょくじ》の場《ば》に来《く》るときは襟付《えりつ》きの服《ふく》を着《き》ている。

それも含《ふく》めてマナーなのかも。今度《こんど》から気《き》をつけよう。

「まずいわけじゃないけど、腐《くさ》るほどあるんだから片《かた》っ端《ぱし》から着《き》ればいいだろ」

うわ、その言《い》い方《かた》――！

「うん。じゃあ明日《あした》からはそうするよ」

学校《がっこう》では相変《あいか》わらずクールな蓮夜《れんや》くん。

これも、御曹司《おんぞうし》としての立場《たちば》みたいなものを理解《りかい》できた今《いま》、なんとなくわかる気《き》がする。

好《す》き勝手《かって》ふるまうことで、周《まわ》りの人《ひと》に及《およ》ぼす影響《えいきょう》を理解《りかい》しているのかも。

だから感情《かんじょう》を表《おもて》に出《だ》すことなく、いつも冷静《れいせい》で淡々《たんたん》としているのかな。

橙弥《とうや》くんは好《す》きをつらぬいているから、ここでは生《い》きにくくて。

蓮夜《れんや》くんは立場《たちば》を受《う》け入《い》れているから、自分《じぶん》を出《だ》せなくて。

ふたりは対照的《たいしょうてき》だけど、根本《こんぽん》は同《おな》じなのかも。

自由《じゆう》に恋愛《れんあい》もできないのかなあ。もしかして、この時代《じだい》に政略結婚《せいりゃくけっこん》もあったり⁉

「食《く》うのか百面相《ひゃくめんそう》するのかどっちかにしろよ」

「へっ？」

言《い》われてびっくり。私《わたし》、そんな変《へん》な顔《かお》してた⁉

目《め》の前《まえ》には、ニヤリと笑《わら》う蓮夜《れんや》くん。

「ていうか、見《み》ないでよっ」

恥《は》ずかしくて口《くち》をとがらせた。

もう、心配《しんぱい》して損《そん》した！

……だけど、学校《がっこう》での蓮夜《れんや》くんは仮面《かめん》をつけているだけで、こっちの蓮夜《れんや》くんが本当《ほんとう》の姿《すがた》なのかと思《おも》ったら、少《すこ》し嬉《うれ》しかったり。

毎日《まいにち》気《き》を張《は》っている中《なか》でも、こういう時間《じかん》が蓮夜《れんや》くんの息抜《いきぬ》きになってくれたらいいな。

「ふふふ」

そう思《おも》ってひとり笑《わら》う。

「へんなヤツ」

そんな蓮夜《れんや》くんの憎《にく》まれ口《ぐち》も、悪《わる》くなかったり。

セレブ学園《がくえん》の洗礼《せんれい》

いつも寝癖《ねぐせ》を直《なお》すのに一苦労《ひとくろう》だったけど、特別《とくべつ》なトリートメントのおかげで絡《から》まり知《し》らずの朝《あさ》を迎《むか》えることができた。

奥《おく》さまに会《あ》ったらお礼言《れいい》わなきゃ！

髪《かみ》や指先《ゆびさき》がきれいだと、それだけでテンションが上《あ》がって足取《あしど》りも軽《かる》くなるから不思《ふし》議《ぎ》。

鼻歌《はなうた》まじりに登校《とうこう》し、自分《じぶん》の靴箱《くつばこ》を見《み》て首《くび》を傾《かし》げた。

「あれ？」

私《わたし》の上履《うわば》きが忽然《こつぜん》となくなっていたのだ。

金曜日《きんようび》、たしかにちゃんと入《い》れて帰《かえ》ったのに……。

私《わたし》の上履《うわば》き、どこ……？　周《まわ》りをキョロキョロしていると。

「あ、あれかも！」

靴箱《くつばこ》の一番上《いちばんうえ》に、ひと組《くみ》の上履《うわば》きがそろえて置《お》かれていた。

「えいっ！」

自分《じぶん》のか確認《かくにん》したくてジャンプしてみるけど、全然《ぜんぜん》届《とど》かない。

こういうとき、背《せ》が低《ひく》いと損《そん》！

朝《あさ》の昇降口《しょうこうぐち》は人《ひと》が入《い》れ替《か》わり立《た》ち代《か》わり来《く》るから、あまり変《へん》な行動《こうどう》してると不審《ふしん》な目《め》で見《み》られちゃうし。

どうしようかと思《おも》いながらも必死《ひっし》にジャンプしていたら、横《よこ》からひょいと手《て》が伸《の》びて、その上履《うわば》きはあっさり下《お》ろされた。

「はい、これ取《と》りたかったの？」

「ありがとう……」

それは、花菱《はなびし》くんだった。スターと異名《いみょう》のある、あの御曹司《おんぞうし》。

「転入生《てんにゅうせい》の洗礼《せんれい》、早速受《さっそくう》けちゃった？」

花菱《はなびし》くんは、片方《かたほう》の眉《まゆ》をぴくっと上《あ》げながらおどけた表情《ひょうじょう》を見《み》せる。

「それはどういう……」

「みんな、キミのことが怖《こわ》くて仕方《しかた》ないんじゃない？　団結《だんけつ》してよそ者《もの》を排除《はいじょ》したがるのが人間《にんげん》のさがだからねえ」

よそ者《もの》って……。

「これって、もしかして嫌《いや》がらせ……」

そう言《い》われて初《はじ》めて気《き》づいた。

クラスでのあの扱《あつか》いを見《み》れば、それもあるかなって。

「ぷぷぷっ、マジで気《き》づいてなかったの？　いい性格《せいかく》してるね〜。いいよいいよ、そういうの嫌《きら》いじゃない」

盛大《せいだい》に笑《わら》われて、少《すこ》しむっとする。花菱《はなびし》くん、人《ひと》の不幸《ふこう》を喜《よろこ》んでない？

「でも気《き》をつけてね〜。お嬢《じょう》さまってみーんな自分《じぶん》が一番《いちばん》だと思《おも》ってるから。ほら、莉《り》桜《お》ちゃんかわいいからさ、みんな敵視《てきし》しちゃうんだよ」

そう言《い》って、私《わたし》の髪《かみ》の毛《け》を指《ゆび》ですくう。ツヤツヤの髪《かみ》の毛《け》は、するんと元通《もとどお》りになる。

「ひゃっ、なにするのっ……」

びっくりしすぎて一歩《いっぽ》後退《こうたい》。

「えー、もしかして怒《おこ》られたー？　俺《おれ》がこうしたらみんな普通《ふつう》は喜《よろこ》ぶのにー」

わざとらしく眉《まゆ》を下《さ》げて残念《ざんねん》そうな顔《かお》をする花菱《はなびし》くん。

な、なんなのっ？

「莉桜《りお》ちゃんも、俺《おれ》のこと渚《なぎさ》って呼《よ》んで！」

「え……」

「みんなそう呼《よ》んでくれてるよ」

どさくさにまぎれてそんなことまで言《い》われ……。

女子《じょし》にチヤホヤされすぎて、感覚《かんかく》がバグってるんだろうな、この人《ひと》……。

「うちの女子《じょし》、怖《こわ》いから気《き》をつけてねー」

……助《たす》けてくれたのか楽《たの》しんでるのか、どっちかわかんないよ。

御曹司《おんぞうし》にもいろいろなタイプがいるんだと、身《み》をもって感《かん》じた。

放課後《ほうかご》は、お母《かあ》さんの入院《にゅういん》している病院《びょういん》に行《い》った。

着替《きが》えなどは、鮫嶋家《さめじまけ》のメイドさんたちが通《かよ》って交換《こうかん》してくれているみたい。

本当《ほんとう》は私《わたし》がやらないといけないのに。

なにからなにまでお世話《せわ》になりっぱしで、感謝《かんしゃ》しないと。

「お母《かあ》さん、調子《ちょうし》はどう？」

病室《びょうしつ》も鮫嶋家《さめじまけ》のはからいで個室《こしつ》が用意《ようい》されている。

私《わたし》が入《い》り口《ぐち》からひょこっと顔《かお》を出《だ》すと、ぱあっと明《あか》るいお母《かあ》さんの笑顔《えがお》が出迎《でむか》えてくれた。

「あら莉桜《りお》！　来《き》てくれたのね」

お母《かあ》さんの顔《かお》を見《み》るとホッとする。

毎日《まいにち》は来《こ》られないけど、できるだけ通《かよ》うようにはしているんだ。

「もう退屈《たいくつ》でしかたないのよ。早《はや》く働《はたら》きたくてしょうがないわ」

そう言《い》って、肩《かた》をぐるぐる回《まわ》すお母《かあ》さん。

手術《しゅじゅつ》は無事成功《ぶじせいこう》したけど、まだリハビリできないからずっとベッドにいなきゃいけないのがつらいみたい。

いつも、アクティブに動《うご》いていたもんね。

「こんなときじゃないとゆっくりできないんだから、おとなしくしててね！」

うっかりすると本当《ほんとう》に動《うご》きそうで怖《こわ》いよ。

「鮫嶋家《さめじまけ》はどう？　少《すこ》しは慣《な》れた？」

「うん。みんないい人《ひと》ばかりで、よくしてもらえてるよ」

「そう。なら安心《あんしん》したわ。それだけが気《き》がかりだったから。お母《かあ》さんのせいで転校《てんこう》まですることになっちゃって。ごめんね」

「そんなの全然問題《ぜんぜんもんだい》ないよ。それに、よくしてもらえるのはお母《かあ》さんが今《いま》までがんばってきたおかげだよ。奥《おく》さまなんて、お母《かあ》さんのこと英雄《えいゆう》だって」

「まあ。それは大《おお》げさよね」

そう言《い》いながらも、お母《かあ》さんは嬉《うれ》しそう。

そして、少《すこ》し言《い》いにくそうに口《くち》を開《ひら》く。

「おぼっちゃまたちとはどう？　その……うまくやってる？」

「ああうん。全然大丈夫《ぜんぜんだいじょうぶ》」

あっさり言《い》うと、拍子抜《ひょうしぬ》けされた。

「あらそう。それならよかったわー」

お母《かあ》さんは〝おぼっちゃま〟たちの仮面《かめん》をつけた姿《すがた》しか知《し》らないんだろう。それも心《しん》配《ぱい》の理由《りゆう》なのかも。

「蓮夜《れんや》くんは意外《いがい》とよく笑《わら》うし、橙弥《とうや》くんもわりとしゃべるんだよ」

「そうなの？」

信《しん》じられないって顔《かお》をするお母《かあ》さん。

あ、これってもらしちゃいけない情報《じょうほう》だった……？

でも、お母《かあ》さんに隠《かく》し事《ごと》する必要《ひつよう》ないもんね。

お母《かあ》さんは、私《わたし》が離《はな》れに住《す》んでいると思《おも》っている。

まさか私《わたし》が本邸《ほんてい》の、しかも〝おぼっちゃま〟ふたりの間《あいだ》の部屋《へや》にいるなんて言《い》ったら変《へん》な心配《しんぱい》をされそうだから、それは黙《だま》っておいた。

『これから乗馬《じょうば》するんだけど一緒《いっしょ》にどう？』

橙弥《とうや》くんにそんなお誘《さそ》いを受《う》けたのは数日後《すうじつご》。家《いえ》に帰《かえ》った直後《ちょくご》だった。

奥《おく》さまからのお願《ねが》いのこともあるし、私《わたし》はこころよく了承《りょうしょう》したんだけど――。

「ひゃあああああっ……!!」

私《わたし》に乗馬《じょうば》なんて百年早《ひゃくねんはや》かったかも……。

それなりに段階《だんかい》を踏《ふ》んで、ようやくいざ馬《うま》に乗《の》るってなったんだけど、もう怖《こわ》いのなんのって……。

私《わたし》が乗《の》せてもらったのは、マロンという名前《なまえ》の小《ちい》さいメス馬《うま》。

ちゃんと横《よこ》に調教師《ちょうきょうし》の人《ひと》もいてくれるんだけど、怖《こわ》くてへっぴり腰《ごし》になっちゃうんだ。

「あははは っ。マロンはおとなしくて人懐《ひとなつ》っこいからそんなに怖《こわ》がらなくても大丈夫《だいじょうぶ》だよ」

品《ひん》よく笑《わら》う橙弥《とうや》くんは、姿勢《しせい》を正《ただ》してさっそうと馬《うま》に乗《の》って芝《しば》をかけ回《まわ》る。

まさに白馬《はくば》の王子《おうじ》さまって言葉《ことば》がぴったり。

生《い》き生《い》きして楽《たの》しそうだなあ。

これが本来《ほんらい》の橙弥《とうや》くんの姿《すがた》なんだと、目《め》を細《ほそ》めた。

「そうそう、莉桜《りお》ちゃんいいね！」

だんだんサマになってきて、マロンに乗《の》って調子《ちょうし》よく進《すす》んでいると橙弥《とうや》くんにほめられた。

いま、さらっと名前《なまえ》で呼《よ》ばれたよね⁉

変《へん》な意味《いみ》じゃなくて、橙弥《とうや》くんに名前《なまえ》で呼《よ》ばれてちょっと嬉《うれ》しい。

家族《かぞく》にも心《こころ》を開《ひら》かない橙弥《とうや》くんが、私《わたし》との距離《きょり》をちぢめようとしてくれている気《き》がして。

一時間《いちじかん》ほど乗馬《じょうば》を楽《たの》しんで、マロンとはバイバイ。

「すごい体験《たいけん》をさせてくれてありがとう！」

さっきから止《と》まらない汗《あせ》をぬぐいながらお礼《れい》を言《い》うと、笑《わら》いながらペットボトルのドリンクを渡《わた》してくれる橙弥《とうや》くん。

「これ飲《の》んで。疲《つか》れたでしょ」

「ありがとう。うん、たぶん明日全身筋肉痛《あしたぜんしんきんにくつう》……」

普段使《ふだんつか》わない筋肉《きんにく》を使《つか》いまくったから、相当痛《そうとういた》いだろうな……。

明日《あした》のことを思《おも》うとゾッとする。

「家《いえ》の敷地内《しきちない》で乗馬《じょうば》できるなんてすごいよね。鮫嶋邸《さめじまてい》の敷地《しきち》には、遊園地《ゆうえんち》があるとかキャンプ場《じょう》があるとか、都市伝説《としでんせつ》みたいになってるんだよ」

「都市伝説《としでんせつ》って。さすがに遊園地《ゆうえんち》はないけど、キャンプ場《じょう》があるのは本当《ほんとう》」

「キャンプ場《じょう》、本当《ほんとう》にあるの!?」

聞《き》けば、キャンプ場《じょう》は昔《むかし》は小学校《しょうがっこう》や中学校《ちゅうがっこう》のために貸《か》し出《だ》していたこともあるらしい。

橙弥《とうや》くんは噂《うわさ》の真相《しんそう》について教《おし》えてくれて、これだけの敷地《しきち》にどんなものがあるのか話《はな》してくれた。

牛《うし》の牧場《ぼくじょう》やにわとり小屋《ごや》もあって、毎朝《まいあさ》飲《の》んでいる牛乳《ぎゅうにゅう》やいつも食《た》べている卵《たまご》はここで採《と》れる新鮮《しんせん》なものなんだって。

「すごい！　それはおいしいはずだよね。ありがたくいただかなくちゃ」

「昔《むかし》は牛《うし》の乳《ちち》しぼりをしたり、早朝《そうちょう》に卵《たまご》を取《と》りに行《い》ったりしていたんだけど、そんなの将来《しょうらい》の役《やく》には立《た》たないからってそのうちさせてもらえなくなったよ……」

ぎゅっと下唇《したくちびる》をかむ橙弥《とうや》くん。

そっか……。できなくなっちゃったんだ。

そうやって、だんだん今《いま》の橙弥《とうや》くんになってしまったのかな。

この環境《かんきょう》だからこそ、自然《しぜん》が大好《だいす》きになったはずなのに。

橙弥《とうや》くんの気持《きも》ちを思《おも》うと、胸《むね》がぎゅっと苦《くる》しくなる。

「ここにいると、現実《げんじつ》を忘《わす》れられるんだ」

そう言《い》うからには、それほど現実《げんじつ》がつらいってことだよね……。

「いつもひとりだったから、こういう時間《じかん》を一緒《いっしょ》に過《す》ごせてうれしい」

ふいに、橙弥《とうや》くんが顔《かお》を上《あ》げた。少《すこ》し茶色《ちゃいろ》がかった髪《かみ》の毛《け》が、風《かぜ》にさらりと揺《ゆ》れる。

「うん。誰《だれ》かと話《はな》すってうれしいよね。やっぱりひとりだとさみしいもん」

私《わたし》も学校《がっこう》でぼっちになったらどうしようかと思《おも》っていたけど、くるみちゃんの存在《そんざい》に救《すく》われてる。

「……それは莉桜《りお》ちゃんだからだよ」

「ん？　なに？」

橙弥《とうや》くんが私《わたし》の目《め》をジッと見《み》て何《なに》かを言《い》ったけど、ちょうどマロンがヒヒーンと鳴《な》いてよく聞《き》こえなかったんだ。

「ううん、なんでもない」

耳《みみ》を寄《よ》せてもう一度《いちど》聞《き》いてみたけど、言《い》い直《なお》してくれなかった。

「髪《かみ》、きれいだね」

じっと見《み》つめられて何《なに》を言《い》われるかと思《おも》えば。

「……っ、あ、ありがとう……」

これは、この家《いえ》のおかげなんだけどね。こうしてまじまじ言《い》われると照《て》れくさい。

そういえば、蓮夜《れんや》くんにはなにも言《い》われてないけど気《き》づかなかったのかな……。

「もしよかったらさ……今夜《こんや》、少《すこ》し話《はな》せるかな」

「もちろん！」

「じゃあ、夕飯《ゆうはん》が終《お》わったら部屋《へや》に来《き》てよ」

「わかった」

私《わたし》と話《はな》すことがきっかけとなって、この先鮫嶋家《さきさめじまけ》の人《ひと》とも心《こころ》を通《かよ》わせられるようになったらうれしいもん！

私《わたし》がここにいる使命《しめい》は、それが一番《いちばん》だといっても過言《かごん》じゃないんだから。

ふいうちな優《やさ》しさ

夕飯《ゆうはん》のあと、学校《がっこう》の課題《かだい》を終《お》えてから、橙弥《とうや》くんの部屋《へや》に行《い》こうとしたときだった。

ちょうど同《おな》じタイミングで、隣《となり》――蓮夜《れんや》くんの部屋《へや》のドアが開《あ》いた。

「あ……」

蓮夜《れんや》くんはそのまま私《わたし》に向《む》かって歩《ある》いてくる。

「今《いま》からつき合《あ》ってほしいところがある」

「あ、えっと……」

「なに？　用《よう》なんてないだろ」

有無《うむ》を言《い》わさぬ蓮夜《れんや》くんの圧《あつ》。

なんとなく橙弥《とうや》くんの部屋《へや》に行《い》くとは言《い》いにくく、蓮夜《れんや》くんの用《よう》が終《お》わってから行《い》けばいいと思《おも》い、ついていった。

向《む》かった先《さき》はなんと、地下《ちか》にあるシアタールームだった。

家《いえ》にシアタールームがあるっていうのは聞《き》いたことがあるけど。

ここのは、普通《ふつう》の家庭《かてい》にありそうなものとは違《ちが》った。

設備《せつび》がまるで本物《ほんもの》の映画館《えいがかん》みたいだったんだ。

学校《がっこう》の教室《きょうしつ》くらいありそうな空間《くうかん》の中《なか》には十個《じゅっこ》ほど席《せき》があり、どれも革張《かわば》りのゆったりした豪華《ごうか》な椅子《いす》。

スクリーンは正面《しょうめん》にドーンと掲《かか》げられていて、大迫力《だいはくりょく》の映像《えいぞう》が見《み》られそう。

「す、すごい……！」

実《じつ》は私《わたし》、映画館《えいがかん》に行《い》ったことがないから、これが正真正銘《しょうしんしょうめい》初《はじ》めての映画館《えいがかん》。

「これ見《み》るからつき合《あ》って」

手渡《てわた》されたパンフレットを見《み》て、蓮夜《れんや》くんとそれを交互《こうご》にしっかり二度《にど》見《み》した。

「これ、まだ日本《にほん》で上映《じょうえい》されてないやつ！」

この冬《ふゆ》日本《にほん》に上陸《じょうりく》とＣＭで流《なが》れていた、魔法《まほう》シリーズの最新作《さいしんさく》。

これ、前作《ぜんさく》がこの間《あいだ》テレビで初放映《はつほうえい》されたから見《み》たんだけど、もう新作《しんさく》が観《み》られるの？

興奮《こうふん》のあまり、声《こえ》がうわずっちゃう。

「やばい、どうしよう……っ！」

私《わたし》、結構《けっこう》映画《えいが》が好《す》きで、テレビで話題作《わだいさく》が放送《ほうそう》されるときは必《かなら》ず観《み》るんだ。

映画館《えいがかん》に行《い》けないから流行《りゅうこう》には乗《の》れないけど、それでもやっぱり見《み》たくて。

私《わたし》のリアクションに満足《まんぞく》そうな蓮夜《れんや》くんは、そのまま私《わたし》を席《せき》まで誘導《ゆうどう》する。

「そんなに興奮《こうふん》しないでよ。はい、ここ座《すわ》って」

そこには、ポップコーンとドリンクが用意《ようい》されていた。

「ええっ！　これ、キャラメルポップコーン⁉」

夢《ゆめ》にまで見《み》た映画館《えいがかん》のポップコーンが目《め》の前《まえ》に！

やだ、うれしい！　私《わたし》のテンションはもうＭＡＸ。

「莉桜《りお》のだから好《す》きなだけ食《た》べていいよ。じゃあ、上映開始《じょうえいかいし》ね」

私《わたし》の隣《となり》に座《すわ》った蓮夜《れんや》くん。

ポップコーンをひとつつまんでみると、口《くち》いっぱいにキャラメルの甘《あま》さが広《ひろ》がる。

これが映画館《えいがかん》のポップコーンなんだ……。あとを引《ひ》きそうなおいしさに感動《かんどう》。

やがて部屋《へや》は暗《くら》くなって、スクリーンに映像《えいぞう》が映《うつ》し出《だ》された。

ドキドキドキドキ……。

はじめての体験《たいけん》に、わくわくがとまらない。

大画面《だいがめん》に大音量《だいおんりょう》。

私《わたし》はポップコーンを食《た》べるのも忘《わす》れて映画《えいが》にのめり込《こ》んでしまった。

途中《とちゅう》、胸《むね》がぎゅっと苦《くる》しくなるような場面《ばめん》もあって、涙《なみだ》しちゃうシーンも。

この映画《えいが》は闘《たたか》いの物語《ものがたり》だけど、友情《ゆうじょう》も熱《あつ》いんだよね……。

エンドロールが終《お》わると、部屋《へや》が明《あか》るくなった。

だけど、それにも気《き》づかないくらい私《わたし》はしばらく放心状態《ほうしんじょうたい》で。

「……おい」

「えっ」

呼《よ》ばれてたみたい。弾《はじ》かれたように隣《となり》を見《み》ると、

「……っ」

蓮夜《れんや》くんが一瞬固《いっしゅんかた》まって、気《き》づく。

あ、やだ。

ストーリーに感動《かんどう》したのと、映画《えいが》が見《み》られて感激《かんげき》したのが混《ま》じって、涙《なみだ》が流《なが》れていたんだ。

「あはっ……ちょっと感動《かんどう》しちゃって」

あわてて笑《わら》いながら手《て》のひらで拭《ふ》くと——。

蓮夜《れんや》くんが自分《じぶん》のハンカチを出《だ》して、私《わたし》の涙《なみだ》をそっと拭《ぬぐ》ってくれたんだ。

「……っ」

胸《むね》がどくんっ……て音《おと》を立《た》てた。

その直後《ちょくご》、止《と》めたいはずの涙《なみだ》があとからあとから出《で》てきてしまった。

なんでだろう。どうしてか、涙《なみだ》が止《と》まらなくなっちゃったんだ。

「ご、ごめんっ。なんか勝手《かって》に涙《なみだ》が……っ」

自分《じぶん》の意志《いし》とは無関係《むかんけい》に、全身《ぜんしん》の力《ちから》が抜《ぬ》けたように気持《きも》ちが緩《ゆる》んじゃって。

「大丈夫《だいじょうぶ》」

私《わたし》にハンカチを手渡《てわた》した蓮夜《れんや》くんは、前《まえ》を向《む》いたままそう言《い》った。

「いきなりこんなとこ来《き》て、あんな学校《がっこう》に通《かよ》

わされて、戸惑《とまど》うよな」

えっ……？

いつになく、優《やさ》しい口調《くちょう》。

「心《こころ》も体《からだ》も追《お》いつかないかもだけど、あせんなよ」

そう言《い》う蓮夜《れんや》くんの横顔《よこがお》は、見《み》たことがないくらいとてもおだやかだった。

突然環境《とつぜんかんきょう》が変《か》わった私《わたし》のこと、心配《しんぱい》してくれてたの？

……そっか。私《わたし》、今《いま》まですごく緊張《きんちょう》していたのかも。

こんなにリラックスして自分《じぶん》の時間《じかん》に没頭《ぼっとう》したのは、ここへ来《き》てきっと初《はじ》めてだった。

「自分《じぶん》は強《つよ》いって思《おも》うな。困《こま》ったことがあったらいつでも頼《たよ》れよ」

「ありが、とう……」

蓮夜《れんや》くんの言《い》うとおり。私《わたし》は強《つよ》いって思《おも》ってた。

雑草魂《ざっそうだましい》で、どんな状況《じょうきょう》にも打《う》ち勝《か》ってやるって気負《きお》って。

だけどこんな簡単《かんたん》に涙《なみだ》が出《で》ちゃうくらい。

もしかして、心《こころ》は弱《よわ》っていたのかな……。自分《じぶん》でも気《き》づいてなかった。

それを蓮夜《れんや》くんは見抜《みぬ》いてたんだ。すごい人《ひと》……。

「ん」

短《みじか》く言《い》って、うなずく蓮夜《れんや》くん。

横顔《よこがお》を見《み》ながら、小《ちい》さくトクトクトク……と胸《むね》が鳴《な》る。

今日《きょう》のこれ、蓮夜《れんや》くんが映画《えいが》を観《み》たかったんじゃなくて、私《わたし》のために……？

なんてことは聞《き》けないけど。

やっぱり、蓮夜《れんや》くんは優《やさ》しい人《ひと》だ。


大変《たいへん》なことを思《おも》い出《だ》したのは、翌日《よくじつ》の朝《あさ》だった。

いつものように制服《せいふく》に着替《きが》えて食事場所《しょくじばしょ》に行《い》き、昨夜《さくや》のことがあるからちょっぴり気《き》恥《は》ずかしい思《おも》いで蓮夜《れんや》くんと向《む》かい合《あ》い、フレンチトーストを今《いま》まさに食《た》べようとしていたとき。

——ガチャ。

部屋《へや》のドアが開《ひら》いて、口《くち》を開《あ》けたままそっちを見《み》る。

入《はい》ってきた人《ひと》を見《み》て、私《わたし》はあっと声《こえ》をあげてしまった。

「……橙弥《とうや》……？」

怪訝《けげん》そうに名前《なまえ》を呼《よ》ぶ蓮夜《れんや》くん。

そう、それは宮帝学園《きゅうていがくえん》の制服《せいふく》を着《き》た橙弥《とうや》くんだったから。

いつも自分《じぶん》の部屋《へや》で食事《しょくじ》をとり、少《すく》なくとも私《わたし》が来《き》てからここへ一度《いちど》も顔《かお》を出《だ》したことのない橙弥《とうや》くんが、どうして……？

自分《じぶん》の席《せき》なのか、蓮夜《れんや》くんの隣《となり》の椅子《いす》を引《ひ》いて座《すわ》る。

その一連《いちれん》の動《うご》きをポカンと見送《みおく》る私《わたし》。

「と、橙弥《とうや》おぼっちゃま、おはようございます！　すぐ朝食《ちょうしょく》をお持《も》ちします」

それを見《み》たメイドさんたちが慌《あわ》てたように動《うご》き出《だ》す。

蓮夜《れんや》くんはフォークを置《お》くと、怪訝《けげん》そうに言葉《ことば》を投《な》げかけた。

「なんだよ急《きゅう》に……学校行《がっこうい》くのか？」

「俺《おれ》が学校《がっこう》に行《い》ったらいけないのかよ」

「……べつに」

優雅《ゆうが》な朝《あさ》の空気《くうき》が一変《いっぺん》。なんだかピリつく。

でも私《わたし》は別《べつ》の意味《いみ》で手《て》に汗《あせ》が浮《う》かんでいた。

だって。

昨日《きのう》、橙弥《とうや》くんの部屋《へや》に呼《よ》ばれていたのをすっかり忘《わす》れてたから！

蓮夜《れんや》くんと映画《えいが》を見《み》て、その余韻《よいん》のまま眠《ねむ》りについてしまったんだ。

だけど橙弥《とうや》くんはそれについては何《なに》も触《ふ》れない。ここで余計《よけい》なことを言《い》ったらいけない気《き》がして、私《わたし》は終始無言《しゅうしむごん》で食事《しょくじ》をとった。

振《ふ》り回《まわ》されてばっかりです！

蓮夜《れんや》くんと橙弥《とうや》くんは同《おな》じ車《くるま》で登校《とうこう》すると思《おも》ったら、それも違《ちが》い。

鮫嶋邸《さめじまてい》から三台《さんだい》の車《くるま》が宮帝学園《きゅうていがくえん》に出発《しゅっぱつ》するという事態《じたい》。

ふたりは兄弟仲《きょうだいなか》があまりよくないとは感《かん》じていたけど、朝《あさ》の様子《ようす》を見《み》ると、やっぱりそれは深刻《しんこく》そう。

「おはよう、莉桜《りお》ちゃん！」

ずっと緊張《きんちょう》しっぱなしのまま教室《きょうしつ》に入《はい》ると、くるみちゃんの天使《てんし》みたいな笑顔《えがお》が迎《むか》えてくれて、ようやくほっとできた。

くるみちゃんと、昨日《きのう》出《だ》された課題《かだい》の話《はなし》をしていると。

「ねえっ！　今日《きょう》は貴公子《きこうし》が登校《とうこう》しているみたいよ！」

集《あつ》まる女子《じょし》たちからそんな会話《かいわ》が聞《き》こえてきた。

「わあっ、いつぶりだろう」

「あとで見《み》に行《い》こうよ！」

皇帝《こうてい》、王子《おうじ》、スターはもう聞《き》きなれたけど、新《あたら》しい単語《たんご》に首《くび》をかしげ、くるみちゃんにたずねる。

「ねえ、貴公子《きこうし》って?」

「皇帝《こうてい》の双子《ふたご》の弟《おとうと》くん。つまり鮫嶋家《さめじまけ》の御曹司《おんぞうし》だよ」

くるみちゃんがそう教《おし》えてくれて、私《わたし》はぎくっとした。

そっか、橙弥《とうや》くんにも通称《つうしょう》があるのか。

品《ひん》があっておだやかそうな橙弥《とうや》くんにぴったりな呼《よ》び名《な》だ。

双子《ふたご》なのに、皇帝《こうてい》と貴公子《きこうし》ってずいぶん違《ちが》うけど、それぞれ特徴《とくちょう》はとらえてる。

「貴公子《きこうし》くんはあんまり学校《がっこう》に来《き》てないの。多分《たぶん》、莉桜《りお》ちゃんが転入《てんにゅう》してきてから初《はじ》めてじゃないかな?」

「へ、へえ、そうなんだ……」

「御曹司《おんぞうし》も色々《いろいろ》あるみたいで大変《たいへん》だよね」

他人事《ひとごと》のように肩《かた》をすくめるくるみちゃんに、私《わたし》はぎこちなくうなずく。

本当《ほんとう》は一刻《いっこく》も早《はや》く橙弥《とうや》くんに昨日《きのう》のことを謝《あやま》りたかったけど、私《わたし》が学校《がっこう》で橙弥《とうや》くんと話《はな》したら目立《めだ》つ。クラスも風組《かぜぐみ》みたいだから会《あ》わないだろうし。

家《いえ》に帰《かえ》ってから話《はな》そうと思《おも》っていたんだけど……。

お昼休《ひるやす》み。

ランチスペースで食事《しょくじ》を終《お》え、教室《きょうしつ》に戻《もど》ってきたときだった。

教室《きょうしつ》の前《まえ》に橙弥《とうや》くんがいて、どきっとする。

まさか私《わたし》に用《よう》じゃないよね……そんな予感《よかん》は当《あ》たり、私《わたし》を見《み》るなり顔《かお》を輝《かがや》かせる橙《とう》弥《や》くん。

「莉桜《りお》ちゃん！　探《さが》してたんだよ」

わわわっ、どうしよう！

「いま、いいかな」

「う、うん……」

どうか、クラスメイトたちに見《み》られていませんように。

そんな願《ねが》いもむなしく……。

「ちょっと、なんで川西《かわにし》さん⁉」

「莉桜《りお》ちゃんとか名前《なまえ》で呼《よ》んで、一体《いったい》どういうこと？」

女子《じょし》たちがとたんに大騒《おおさわ》ぎし始《はじ》め、教室《きょうしつ》の中《なか》にいた蓮夜《れんや》くんも明《あき》らかに眉《まゆ》をひそめているのがわかった。

うわあああ……。まさか学校《がっこう》で橙弥《とうや》くんが話《はな》しかけてくるとは！

「ちょっと、ごめんね」

目《め》を白黒《しろくろ》させているくるみちゃんに断《ことわ》りを入《い》れてから、私《わたし》は橙弥《とうや》くんについていった。

人《ひと》けのない渡《わた》り廊下《ろうか》までやってくると、橙弥《とうや》くんが足《あし》を止《と》めた。

見晴《みは》らしのいい大《おお》きな窓《まど》からは、たっぷり日差《ひざ》しが入《はい》り込《こ》んでいる。

こんな素敵《すてき》な場所《ばしょ》があるんだ……なんて関係《かんけい》ないことを考《かんが》えていると。

「昨日《きのう》、待《ま》ってたんだけど」

くるりと橙弥《とうや》くんが振《ふ》り返《かえ》った。

「あ……」

だよねだよね、やっぱりそのことだよねっ……。

「忘《わす》れちゃった？」

「あのっ、ごめん。急用《きゅうよう》ができちゃって……」

「そっか、なら仕方《しかた》ないよね」

仕方《しかた》ないと言《い》いながら、まつげを伏《ふ》せるその姿《すがた》は明《あき》らかに悲《かな》しさを物語《ものがた》っていて。本当《ほんとう》に申《もう》し訳《わけ》ないことをしたと反省《はんせい》する。

「じゃあ今夜《こんや》――」

「ううん、大《たい》した用《よう》じゃなかったからいいよ。ごめんね時間《じかん》とらせちゃって」

優《やさ》しく笑《わら》うと、橙弥《とうや》くんはそのまま戻《もど》っていってしまった。

どうしよう。

私《わたし》、失敗《しっぱい》しちゃった。

せっかく橙弥《とうや》くんが話《はな》したいと思《おも》ってくれたのに、そのチャンスを私《わたし》が台無《だいな》しにしたんだ。

橙弥《とうや》くんはもちろん、奥《おく》さまにも申《もう》し訳《わけ》ないよ。

しょぼん……と肩《かた》を落《お》としていると。

「莉桜《りお》ちゃん」

「あ、西園寺《さいおんじ》くん……」

顔《かお》をあげたら、そこにいたのは西園寺《さいおんじ》くん。会《あ》うのは、ピアノを一緒《いっしょ》に弾《ひ》いた日以来《ひいらい》だ。

「いやだなあ、そんな他人行儀《たにんぎょうぎ》な。葵《あおい》って呼《よ》んでよ」

美《うつく》しくほほ笑《え》んだ西園寺《さいおんじ》……葵《あおい》くんは、

「ねえ、莉桜《りお》ちゃんて蓮夜《れんや》とどういう関係《かんけい》なの？」

近《ちか》づいて、顔《かお》をのぞき込《こ》んできた。

「それは……」

あの日《ひ》、蓮夜《れんや》くんに手《て》を引《ひ》っ張《ぱ》られて音楽室《おんがくしつ》を出《で》たんだっけ。

「さっきも鮫嶋橙弥《さめじまとうや》と話《はな》してたよね。久《ひさ》しぶりに登校《とうこう》してきたかと思《おも》ったら転入生《てんにゅうせい》を連《つ》れ出《だ》したって、二年生《にねんせい》のフロアは大騒《おおさわ》ぎだよ」

うそっ……。

自分《じぶん》の顔《かお》が青《あお》くなっていくのがわかる。

ただでさえ、蓮夜《れんや》くんがらみの出来事《できごと》がまだ尾《お》を引《ひ》いているっていうのに、どうしよう。

「セントガーデンスクールに、僕《ぼく》の知《し》り合《あ》いが通《かよ》っていてね」

ってそれ、私《わたし》の偽《にせ》プロフィールの学校《がっこう》だ。

ぎくっ。イヤな予感《よかん》。

「聞《き》いたんだけど、川西莉桜《かわにしりお》なんていう生徒《せいと》はいなかったって」

葵《あおい》くんの顔《かお》が、触《ふ》れてしまいそうにグッと近《ちか》づいた。

「どういうことなんだろう」

大《おお》げさに首《くび》をかしげて、ねえって訴《うった》えてくる。

「そ、それは……」

……いったい、何《なに》をたくらんでるの？

葵《あおい》くんて、とても品《ひん》があるのに少《すこ》し危険《きけん》なにおいがする。

背中《せなか》が汗《あせ》びっしょりの私《わたし》は、葵《あおい》くんから目《め》をそらすことで精《せい》いっぱい。

ど、どうしようっ……。

執事《しつじ》さんからは、イギリスの学校《がっこう》だからそこまで調《しら》べる人《ひと》はいないはずって言《い》われてたのに～。話《はなし》が違《ちが》うじゃん！

「あの鮫嶋蓮夜《さめじまれんや》が腕《うで》をつかんで引《ひ》っ張《ぱ》って行《い》くほどの女子《じょし》って、いったい何者《なにもの》？」

「…………」

「もしかして、婚約者《こんやくしゃ》とか」

「まさかそんなわけっ……」

悪《わる》い笑《え》みを浮《う》かべてる葵《あおい》くんには、これ以上黙《いじょうだま》っていてもいいことはないと思《おも》った。

日本三大財閥《にほんさんだいざいばつ》の御曹司《おんぞうし》ともあろう人《ひと》が、人《ひと》の秘密《ひみつ》をペラペラ外部《がいぶ》に漏《も》らさないと信《しん》じて。

「じ、実《じつ》は……」

誰《だれ》にも話《はな》すつもりのなかった事情《じじょう》を、打《う》ち明《あ》けてしまった。

これを聞《き》いて、学園《がくえん》から追放《ついほう》されたりしないかな。

葵《あおい》くんならそのくらいの力《ちから》があるんじゃ……とビクビクしていたけど、葵《あおい》くんの反《はん》応《のう》は意外《いがい》にもあっさりしたものだった。

「なるほどね〜。そんな裏事情《うらじじょう》があったとは驚《おどろ》き」

案外《あんがい》、なんてことないのかも。そう思《おも》っていたら。

「じゃあさ、黙《だま》っててあげる代《か》わりに、僕《ぼく》のペアになってくれない？」

そんなことを言《い》い出《だ》すからびっくり。

「は、い……？」

葵《あおい》くん、私《わたし》の話《はなし》聞《き》いていた？

私《わたし》、令嬢《れいじょう》でもなんでもなくて、むしろ貧乏《びんぼう》なんだよ？

どうしたらそういう発想《はっそう》になるのか、首《くび》をかしげる。

「ね。なってくれるよね」

念《ねん》を押《お》すように言《い》って、私《わたし》との距離《きょり》を詰《つ》めてくる。

「ど、どうして私《わたし》なんかと……」

「それはもちろん、莉桜《りお》ちゃんのことが気《き》に入《い》ったから」

えっ……。

「僕《ぼく》、欲《ほ》しいものは必《かなら》ず手《て》に入《い》れる主義《しゅぎ》でね」

目《め》を細《ほそ》めて笑《わら》う葵《あおい》くん。澄《す》んでいたはずの瞳《ひとみ》が怪《あや》しく光《ひか》った。

……もう、完全《かんぜん》にキャラが変《か》わってる。

『西園寺《さいおんじ》葵《あおい》には気《き》をつけろ』

蓮夜《れんや》くんがそう言《い》っていた意味《いみ》が、はじめてわかった気《き》がした。

蓮夜《れんや》くんも渚《なぎさ》くんも、ある意味《いみ》直球《ちょっきゅう》でわかりやすいけど、葵《あおい》くんは何《なに》かをたくらんでいそうな気配《けはい》。

「きゃっ、王子《おうじ》……っ」

そこへ三人組《さんにんぐみ》の女子《じょし》が通《とお》りかかり、葵《あおい》くんを見《み》て悲鳴《ひめい》のような歓声《かんせい》を上《あ》げた。

目《め》を細《ほそ》めながら片手《かたて》をあげてそれに応《こた》える葵《あおい》くんの姿《すがた》は、まさに王子《おうじ》さま。

さっきまでの裏王子《うらおうじ》の姿《すがた》はどこへ……？

「じゃあ考《かんが》えといてね」

そう言《い》うと、女子《じょし》たちにしたように手《て》をひらひらと振《ふ》って、行《い》ってしまった。

朝《あさ》のお仕事《しごと》

橙弥《とうや》くんが私《わたし》を呼《よ》び出《だ》した事件《じけん》（？）は、私《わたし》の立場《たちば》をいっそう悪《わる》くした。

「ねえ、ほんと川西《かわにし》さんてなんなの？」

「鮫嶋兄弟《さめじまきょうだい》に気《き》に入《い》られてるとでも勘違《かんちが》いしてるんじゃない？」

「見《み》れば見《み》るほど普通《ふつう》っぽいのにね」

聞《き》きたくなくても聞《き》こえてくる陰口《かげぐち》。

百合園《ゆりぞの》さんたちのグループは、わざと私《わたし》に聞《き》こえるように言《い》ってるみたい。

それでも私《わたし》がダメージを受《う》けてないのが、さらにおもしろくない様子《ようす》。

「ただの嫉妬《しっと》だから気《き》にすることないよ」

くるみちゃんはそう言《い》ってくれるし、私《わたし》ももともとそういうのを気《き》にするタイプじゃないからそんな陰口《かげぐち》は聞《き》き流《なが》していた。

「明日朝早《あしたあさはや》いから起《お》こして」

蓮夜《れんや》くんにそう言《い》われたのは、金曜日《きんようび》の夕食《ゆうしょく》どきだった。

橙弥《とうや》くんがこの前《まえ》ここに現《あらわ》れたのは気《き》の迷《まよ》いだったのか、あれからはやっぱり自分《じぶん》の部屋《へや》で食事《しょくじ》をとってるみたい。

だけど学校《がっこう》には行《い》くようになって、なぜか奥《おく》さまからすごく感謝《かんしゃ》されちゃった。

私《わたし》はなにもしていないのに。

「わかった。何時《なんじ》？」

「五時《ごじ》」

「ご、五時《ごじ》？」

それはまた早《はや》い。

起《お》きられるか不安《ふあん》だけど、蓮夜《れんや》くんからの指令《しれい》とあれば、何《なに》をしてでも起《お》きないと！

「父《とう》さんの付《つ》き添《そ》いで、政治家《せいじか》の先生《せんせい》に会《あ》いに行《い》かなきゃなんないんだよ。遠《とお》いし、支度《したく》もあるから五時《ごじ》には起《お》きたい」

「大変《たいへん》だねえ……」

私《わたし》は話《はなし》を聞《き》きながら、フォークとナイフを使《つか》ってお肉《にく》を切《き》る。

このお肉《にく》、敷地内《しきちない》の牧場《ぼくじょう》の牛肉《ぎゅうにく》で特《とく》Aランクなんだって。

産地直送《さんちちょくそう》もいいとこで、本当《ほんとう》においしい。

「それって、橙弥《とうや》くんも行《い》くの？」

そう聞《き》いたのは、単《たん》なる素朴《そぼく》な疑問《ぎもん》だったんだけど。

「気《き》になんの？　橙弥《とうや》のこと」

「へっ……」

いつも以上《いじょう》に不機嫌《ふきげん》な顔《かお》。ダメなこと聞《き》いちゃった？

「……いや、蓮夜《れんや》くんも行《い》くなら橙弥《とうや》くんも行《い》くのかなって思《おも》っただけ」

「アイツは行《い》かねえ」

そう言《い》うと、また手《て》を動《うご》かす蓮夜《れんや》くん。

そうなんだ。

やっぱり橙弥《とうや》くんは、この家《いえ》のお仕事《しごと》には関《かか》わっていないのかも。

そうすると、蓮夜《れんや》くんは……？

無理《むり》してないのかな。

器用《きよう》にフォークとナイフを動《うご》かす蓮夜《れんや》くんを見《み》て、少《すこ》しだけ胸《むね》がチクッと痛《いた》んだ。

ビビビビビビ……！

朝《あさ》の四時五十分《よじごじゅっぷん》。爆音《ばくおん》のアラームが鳴《な》った。

「うるさーい……まだ暗《くら》いじゃん……」

目覚《めざ》めるときは、いつもやわらかい光《ひかり》が私《わたし》を包《つつ》んでくれているのに。

もうちょっと寝《ね》よ……はっ、ダメダメ！

蓮夜《れんや》くんを起《お》こすんじゃん！

思《おも》い出《だ》したら一気《いっき》に頭《あたま》が冴《さ》え、ガバッと起《お》き上《あ》がり、すぐに着替《きが》えた。

部屋《へや》を出《で》ると、廊下《ろうか》は薄暗《うすぐら》くとても静《しず》かだった。

蓮夜《れんや》くんの部屋《へや》のドアをノックしてから静《しず》かに開《ひら》くと、白《しろ》くなり始《はじ》めた空《そら》がわずかに部《へ》屋《や》の中《なか》を照《て》らしていた。

「開《あ》けまーす」

寝室《しんしつ》に入《はい》ると、蓮夜《れんや》くんはまだ寝《ね》ていた。

「蓮夜《れんや》くん、もう五時《ごじ》だよ。起《お》きて」

声《こえ》をかけるけど、反応《はんのう》はない。

こんなんじゃ起《お》きないか。

体《からだ》をゆすると、手《て》にはサラサラの感触《かんしょく》が伝《つた》わって来《き》た。

シルクのパジャマかな。肌触《はだざわ》りが抜群《ばつぐん》だよ。

「んー……」

あ、ゆすったのが効《き》いた？　もぞもぞと体《からだ》を動《うご》かす蓮夜《れんや》くん。

だんだん目《め》が慣《な》れて来《き》て、蓮夜《れんや》くんの姿《すがた》をはっきりとらえることができた。

パジャマの胸元《むなもと》がすこしはだけていて、なんだかドキドキしちゃう。

って私《わたし》、何考《なにかんが》えてるの！　これはお仕事《しごと》なんだから。

もう一度自分《いちどじぶん》に気合《きあ》いを入《い》れて、声《こえ》をかける。

「ねえ、五時《ごじ》に起《お》きないとダメなんでしょ！　ほらもう五分《ごふん》すぎちゃったよ！」

もしかして、蓮夜《れんや》くんて朝弱《あさよわ》いの？

私《わたし》に起《お》こすのを頼《たの》む時点《じてん》で気《き》づくべきだったかも……。

お世話係《せわがかり》失格《しっかく》だ、と思《おも》いながらもあきらめるわけにはいかず、今度《こんど》は電気《でんき》をつけてから再《ふたた》びベッドに近寄《ちかよ》って声《こえ》を張《は》った。

「ほら！　蓮夜《れんや》！　起《お》きろー。遅刻《ちこく》だぞ……
わわっ……！」

――ボスッ！

ベッドのわきに何《なに》かが置《お》いてあったらしく、つまずいてしまう。

そして私《わたし》が着地《ちゃくち》した場所《ばしょ》は、目《め》を開《ひら》いた蓮夜《れんや》くんと鼻先《はなさき》が触《ふ》れ合《あ》う距離《きょり》……。

……どういう状態《じょうたい》かというと。

つまり、蓮夜《れんや》くんの真上《まうえ》にダイブしていた。

「あ、あ、あああっ……！」

「……すっげー乱暴《らんぼう》な起《お》こし方《かた》……」

「いや、これはっ……」

「俺《おれ》いま、寝起《ねお》き襲《おそ》われてんの？」

「ち、ちがっ……」

バクバクバクバクバク……朝一《あさいち》でこの心臓《しんぞう》の速《はや》

さは体《からだ》に悪《わる》いよっ……なんて、どうでもいいことを考《かんが》えちゃうくらいテンパっていた。

あわてて起《お》き上《あ》がろうとしたら、腕《うで》をつかまれた。

ええっ⁉

「あ、あの、手《て》をどけてほしいんだけど……」

庭《にわ》でつかまれたときのように、力強《ちからづよ》い蓮夜《れんや》くんの手《て》。

いくら肌掛《はだか》けを介《かい》してるとはいえ、私《わたし》は蓮夜《れんや》くんの上《うえ》に乗《の》っかっているわけで。

恥《は》ずかしすぎるし、今誰《いまだれ》かが入《はい》ってきたら絶対言《ぜったいい》い訳《わけ》なんて通用《つうよう》しないってば。

鮫嶋家《さめじまけ》の御曹司《おんぞうし》さまに何《なに》してるー！って、お屋敷《やしき》から追放《ついほう》されちゃうかも。

「イヤって言《い》ったら……？」

うっ……。なんてイジワルな。

「……蓮夜《れんや》くんが、遅刻《ちこく》しちゃう……？」

「……だな」

蓮夜《れんや》くんはあきらめたように手《て》を離《はな》し、私《わたし》はそのままゴロンと蓮夜《れんや》くんの隣《となり》に転《ころ》がされた。

はあっ……助《たす》かった……？

とはいっても、まだ蓮夜《れんや》くんのぬくもりの残《のこ》る広《ひろ》いベッドの上《うえ》にいるから、ドキドキがおさまらない。

「そこで寝《ね》んの？」

気《き》づいたら蓮夜《れんや》くんはすでにベッドから起《お》き上《あ》がっていて、パジャマのボタンに手《て》をかけていた。

「きゃっ！」

思《おも》わず両手《りょうて》で目《め》をおおう。

着替《きが》えを見《み》るわけにはいかないよ……！

それからパサッと服《ふく》を脱《ぬ》ぎ着《き》する音《おと》が聞《き》こえて、そっと目《め》を開《ひら》くとすでに白《しろ》いシャツを羽織《はお》っていた。

学校《がっこう》のシャツとは違《ちが》う格式《かくしき》ばったそれは、蓮夜《れんや》くんをいっそう大人《おとな》っぽく、そしてかっこよく見《み》せて、ふいに胸《むね》がドクンッと鳴《な》る。

私《わたし》は広《ひろ》いベッドを、はうようにして降《お》りた。

「莉桜《りお》に起《お》こされるのも大騒《おおさわ》ぎだな」

まるで他人事《ひとごと》のようなもの言《い》いに、ムッとする。

「それは、蓮夜《れんや》くんが一発《いっぱつ》で起《お》きてくれたらよかっただけのことじゃないの！」

恥《は》ずかしさもあり、口《くち》をとがらせた。

手《て》こずったせいで、こんなことになっちゃったんだから……。

「まあ、莉桜《りお》に頼《たの》んで正解《せいかい》だったな」

ふっと口《くち》もとをゆるめながらするするとネクタイをしめる姿《すがた》は、直視《ちょくし》するのがまぶしすぎるほど色《いろ》っぽかった。

……どこが？

そんな風《ふう》に思《おも》いながらも、ドキドキは止《と》まらなかった。

うわさ話《ばなし》に注意《ちゅうい》せよ

鮫嶋邸《さめじまてい》での生活《せいかつ》も二《に》か月目《げつめ》に突入《とつにゅう》。

蓮夜《れんや》くんとは相変《あいか》わらずだけど、なんとかうまくやっている。

橙弥《とうや》くんとは、たまに庭《にわ》を散策《さんさく》をしたり乗馬《じょうば》をしたり。私《わたし》が話《はな》し相手《あいて》になるというより、私《わたし》の方《ほう》が相手《あいて》にしてもらっているかも。

最近校内《さいきんこうない》はペア決《ぎ》めの話題《わだい》でもちきりで、誰《だれ》と誰《だれ》がペアになったらしいなど、毎日《まいにち》そんな話《はなし》が飛《と》びかっている。

ペアのお願《ねが》いをしている場面《ばめん》に遭遇《そうぐう》することも。

体育《たいいく》の授業《じゅぎょう》が終《お》わり、くるみちゃんと一緒《いっしょ》に更衣室《こういしつ》を出《で》て教室《きょうしつ》に向《む》かっていたとき。

「あ、シュシュ忘《わす》れてきちゃった！　取《と》ってくるから先戻《さきもど》ってて！」

忘《わす》れものに気《き》づき更衣室《こういしつ》に戻《もど》ると、中《なか》から百合園《ゆりぞの》さんの声《こえ》が聞《き》こえて来《き》た。

「昨日《きのう》、御影《みかげ》ホールディングスの息子《むすこ》に迫《せま》られて困《こま》っちゃったわ」

どうやら、ペア決《ぎ》めの話《はなし》をしているみたい。

「御影《みかげ》くんて月組《つきぐみ》の？　彼《かれ》ならいいんじゃない？　親《おや》の会社《かいしゃ》も安定《あんてい》してるし」

「私《わたし》も御影《みかげ》くんなら即決《そっけつ》かも。なによりイケメンだし」

内容《ないよう》が内容《ないよう》だけに、私《わたし》は入《はい》るのをためらう。

シュシュはまた今度《こんど》にしようと思《おも》ったとき、

「でも私《わたし》は、まだ皇帝《こうてい》とペアになるのをあきらめたくないのよ」

蓮夜《れんや》くんを指《さ》す言葉《ことば》が聞《き》こえ、また引《ひ》き寄《よ》せられるように聞《き》き耳《みみ》を立《た》ててしまう。

やっぱり蓮夜《れんや》くんほどの人《ひと》は、百合園《ゆりぞの》さんみたいなお嬢《じょう》さまを相手《あいて》に選《えら》ぶのかな……。

わかってはいるけど、なんだかモヤモヤする。

「だけどこの様子《ようす》じゃ、皇帝《こうてい》たちはギリギリまで決《き》めなそうよね。万一《まんいち》、彼《かれ》らとなれなかったら、そのころには中流《ちゅうりゅう》どころか下流階級《かりゅうかいきゅう》しか余《あま》ってないんじゃない？　それだけは避《さ》けたいから、私《わたし》は手堅《てがた》く決《き》めておこうと思《おも》ってる」

「そうよねえ。下流階級《かりゅうかいきゅう》となるのだけは御免《ごめん》よ。だったら、誰《だれ》でもいいからせめて上流階級《じょうりゅうかいきゅう》の人《ひと》となっておきたいわ」

なるほどね……。

いつまでも皇帝《こうてい》、王子《おうじ》、スター、貴公子《きこうし》と組《く》んでもらえるのを待《ま》っていたら、その間《あいだ》に家柄《いえがら》のいい人《ひと》はどんどん相手《あいて》が決《き》まっちゃうんだ。

「あの四人《よにん》とペアになれるのは私《わたし》たち以外《いがい》に絶対《ぜったい》いないわ」

百合園《ゆりぞの》さんが力強《ちからづよ》く訴《うった》える。

たしかに、カースト上位《じょうい》の彼女《かのじょ》たちが、あの四人《よにん》と組《く》むのは確実《かくじつ》なはず。

女子《じょし》だけじゃなくて、男子《だんし》だって家柄《いえがら》のいいお嬢《じょう》さまとペアを組《く》みたいよね。

「ねえ、川西莉桜《かわにしりお》ってまだペアの相手《あいて》決《き》まってないわよね。まさかあの四人《よにん》を狙《ねら》ってるんじゃない？」

突然自分《とつぜんじぶん》の名前《なまえ》が出《で》てきてドキッとする。……そんな風《ふう》に思《おも》われてるなんて心外《しんがい》。

「そんなこと許《ゆる》されるわけないじゃない！」

ヒステリーにも似《に》た百合園《ゆりぞの》さんの声《こえ》が響《ひび》いて、ビクッと肩《かた》が上《あ》がった。

仲間《なかま》たちも何《なに》も言《い》えなくなったのか、水《みず》を打《う》ったように静《しず》まり返《かえ》る室内《しつない》。

その続《つづ》きを聞《き》くのが怖《こわ》く、今度《こんど》こそシュシュはあきらめて私《わたし》は足早《あしばや》にその場《ば》を去《さ》った。

私《わたし》、百合園《ゆりぞの》さんに相当目《そうとうめ》のかたきにされてるんだな……。

私《わたし》があの四人《よにん》の誰《だれ》かとペアになるわけないのに。

「あ、莉桜《りお》ちゃんだ」

モヤモヤする心《こころ》を抱《かか》えた私《わたし》の前《まえ》から歩《ある》いてきたのは渚《なぎさ》くん。

思《おも》わず後《うし》ろを確認《かくにん》する。

百合園《ゆりぞの》さんたちが出《で》てきてたらピンチだもん。

「莉桜《りお》ちゃんは、もうペア決《き》まったの？」

なのに振《ふ》って来《き》た話題《わだい》はタイムリー過《す》ぎて。

さっきの話《はなし》を聞《き》いたせいもあり、本能的《ほんのうてき》に逃《に》げなきゃって気持《きも》ちが働《はたら》いた。

だけど渚《なぎさ》くんはそんなのはお構《かま》いなしに話《はなし》を続《つづ》け、早足《はやあし》で歩《ある》く私《わたし》にあっという間《ま》に追《お》いつく。

「……まだ」

仕方《しかた》なく答《こた》える。

「えー、あと一《いっ》か月《げつ》だよ」

「そういう渚《なぎさ》くんはどうなの？　早《はや》くひとりに決《き》めたほうがいいんじゃない？」

まだ毎日《まいにち》女《おんな》の子《こ》たちに適当《てきとう》なことを言《い》っているから。

あれじゃあ、みんな期待《きたい》しちゃうよ。

「あははー。じゃあ、莉桜《りお》ちゃんなってくれる？」

「……お断《ことわ》りします」

だからそういうこと言《い》わないでってば。

どこで誰《だれ》が聞《き》いてるかわからないし、周《まわ》りを警戒《けいかい》しちゃう。

もし渚《なぎさ》くんのペアになったら、今度《こんど》こそ私《わたし》この学校《がっこう》にいられなくなるよ。

鮫嶋兄弟《さめじまきょうだい》とほんの少《すこ》しかかわっただけで、あれだけ女子《じょし》の視線《しせん》が痛《いた》いのに。

「うわー、俺《おれ》の誘《さそ》いを断《ことわ》る子《こ》がいるとはね。俺《おれ》んち、これでも花菱財閥《はなびしざいばつ》だよ？」

このペア決《ぎ》めは、家《いえ》をも巻《ま》き込《こ》むイベントらしい。

ペアを組《く》んだことで、お互《たが》いの親《おや》の会社《かいしゃ》が業務提携《ぎょうむていけい》して事業《じぎょう》を拡大《かくだい》した……なんてこともあるんだと、くるみちゃんが教《おし》えてくれた。

だから私《わたし》は、誰《だれ》ともペアを組《く》まない方《ほう》がいいと思《おも》う。相手《あいて》の人《ひと》に申《もう》し訳《わけ》ないから。

「私《わたし》、そういうのに興味《きょうみ》ない。相手《あいて》に何《なに》かを求《もと》めるとかしたくないの。自分《じぶん》のことは自《じ》分《ぶん》でどうにかするし」

これは、私《わたし》が家柄《いえがら》に縛《しば》られない環境《かんきょう》にいるから言《い》えるのかもしれないけど。

自分《じぶん》を守《まも》れるのは自分《じぶん》だけ。

昔《むかし》からお母《かあ》さんにそう教《おし》えられてきたから、誰《だれ》か……ましてや男《おとこ》の人《ひと》に頼《たよ》って生《い》きていくなんて、絶対《ぜったい》ありえない。

自負《じふ》していることを当《あ》たり前《まえ》のように口《くち》にすれば、急《きゅう》に隣《となり》に気配《けはい》がなくなった。

離《はな》れてくれるのは嬉《うれ》しいけど、いきなりいなくなるのも気《き》になって横《よこ》を向《む》けば。

渚《なぎさ》くんは後方《こうほう》で固《かた》まっていた。

……と思《おも》ったら、また走《はし》って来《き》た！

「莉桜《りお》ちゃんて自分《じぶん》を持《も》っててかっこいいね！　そういう考《かんが》え方好《かたす》きだなー。この学園《がくえん》にはそういう子《こ》なんていないと思《おも》ってた。ねえ、マジで俺《おれ》とペアにならない？」

キラキラ目《め》をかがやかせる渚《なぎさ》くんを、私《わたし》はあきれ顔《がお》で見上《みあ》げた。

私《わたし》が貧乏《びんぼう》だって知《し》ってもそう言《い》えるの？……とは言《い》わないけど。

「お断《ことわ》りします！」

「そういうところがまたいい！」

……渚《なぎさ》くん、何《なに》を言《い》ってもダメっぽい。

最強《さいきょう》な彼《かれ》

——その翌日《よくじつ》のことだった。

「あれれ……？」

「莉桜《りお》ちゃん何《なに》やってるの？」

自分《じぶん》のロッカーに頭《あたま》を突っ込《こ》んでいると、隣《となり》からくるみちゃんがのぞき込《こ》んできた。

「体育館《たいいくかん》履《ば》きが見当《みあ》たらないんだよねえ……」

昨日《きのう》使《つか》ったばかりだし、たしかにここに入《い》れたのに。

近《ちか》くの人《ひと》のロッカーに間違《まちが》えて入《い》れちゃったかな？

まさか……。この間《あいだ》の上履《うわば》きのように、誰《だれ》かの手《て》によって……？

渚《なぎさ》くんいわく、あれはわざとやられたみたいだし。

教室《きょうしつ》をぐるりと見渡《みわた》す。

なんだか、急《きゅう》に全員《ぜんいん》が敵《てき》のように見《み》えて、胸《むね》がざわざわした。

お昼休《ひるやす》みになって。

「川西《かわにし》さんているー？」

知《し》らない男子《だんし》が、廊下《ろうか》から私《わたし》を呼《よ》んだ。……なんだろう。

「私《わたし》だけど……」

「外《そと》のゴミ集積所《しゅうせきじょ》に川西《かわにし》さんの名前《なまえ》の書《か》かれた体育館履《たいいくかんば》きがあったんだけど、捨《す》てたの？

一応気《いちおうき》になったから聞《き》いてみようと思《おも》って」

ええっ。どうしてそんなところに？

「そ、そうなんだ。教《おし》えてくれてありがとう」

彼《かれ》にお礼《れい》を言《い》って、くるみちゃんのもとへ走《はし》った。

わけを話《はな》し、ゴミ集積所《しゅうせきじょ》の場所《ばしょ》を教《おし》えてもらう。

体育館履《たいいくかんば》きなんて大《おお》きいもの、ゴミと間違《まちが》えられるはずない。

やっぱり誰《だれ》かに持《も》って行《い》かれたんだ。

悔《くや》しくて、唇《くちびる》をかみながらそこへ向《む》かえば。

「あった……っ」

さっきの男子《だんし》の言《い》うとおり、それはゴミの山《やま》の上《うえ》に乗《の》せられていた。

汚《よご》されている形跡《けいせき》もなく、まるで見《み》つけてくださいと言《い》わんばかりに。

教《おし》えてもらわなかったら、これはゴミとして燃《も》やされていたんだ……。

でもよかった。旦那《だんな》さまや奥《おく》さまに買《か》ってもらった大切《たいせつ》なものをなくさないで。

体育館履《たいいくかんば》きを胸《むね》にギュッと抱《かか》え、安堵《あんど》していた時《とき》だった。

ふいに私《わたし》の名前《なまえ》が呼《よ》ばれた気《き》がして――。

直後《ちょくご》、背後《はいご》にドンッと何《なに》かが体当《たいあ》たりし、私《わたし》の視界《しかい》は真《ま》っ暗《くら》になった。

――えっ？

何《なに》が起《お》きたのか理解《りかい》する間《ま》もなく、ピシャッと足《あし》もとにはねる水《みず》。

頭上《ずじょう》からは、「ヤベッ」という声《こえ》も聞《き》こえてくる。

「大丈夫《だいじょうぶ》か⁉」

背後《はいご》に重《おも》みを感《かん》じるのは、抱《だ》きかかえられているからで。

背中越《せなかご》しに聞《き》こえるその声《こえ》は蓮夜《れんや》くん……つまり、背後《はいご》にいるのは蓮夜《れんや》くんなのだとわかる。

その力《ちから》がゆるんだとき、私《わたし》は頭《あたま》におおわれていたものをはぎ取《と》った。

それはブレザー。

「えっ、なんで……っ」

振《ふ》り返《かえ》ると、目《め》の前《まえ》にはずぶぬれの蓮夜《れんや》くんがいた。

まるで頭《あたま》から水《みず》でもかけられたかのように……って。

「どういうこと？　なにがあったの!?」

私《わたし》は頭《あたま》がブレザーでおおわれていたのと、背後《はいご》から抱《だ》きしめられていたおかげでほとんどぬれていない。

「……これ、笑《わら》えねえな」

手《て》を振《ふ》って水《みず》を落《お》としながら、ぬれた体《からだ》に不快《ふかい》そうな表情《ひょうじょう》を見《み》せる蓮夜《れんや》くん。

「ちょっと、大丈夫《だいじょうぶ》!?」

私《わたし》はポケットからタオルハンカチを出《だ》してみるけど、どこを拭《ふ》いたらいいのかわからないくらい全身《ぜんしん》びしょぬれだ。

水《みず》にぬれたシャツは透《す》けて、蓮夜《れんや》くんの肌《はだ》にまとわりついている。

ハッとして上《うえ》を見《み》ると、ちょうど私《わたし》の真上《まうえ》の二階《にかい》の窓《まど》が全開《ぜんかい》になっていた。

「もしかして、私《わたし》が狙《ねら》われた……？」

状況《じょうきょう》を理解《りかい》して呆然《ぼうぜん》としていると、目線《めせん》の先《さき》、校舎《こうしゃ》から黒《くろ》い影《かげ》がふたつ飛《と》び出《だ》してきて。

「蓮夜《れんや》、そいつらだっ！」

うしろから追《お》いかけるように姿《すがた》を見《み》せたのは渚《なぎさ》くんだった。

すると蓮夜《れんや》くんは走《はし》り出《だ》し——あっという間《ま》にその黒《くろ》い影《かげ》に追《お》いつく。

「待《ま》てこら……っ！」

ひとりのブレザーの背中《せなか》に手《て》を掛《か》けたかと思《おも》ったら、もう片方《かたほう》の手《て》で別《べつ》の背中《せなか》もつかみ。

ふたりは勢《いきお》い余《あま》ってその場《ば》にひっくり返《かえ》る。

ひゃっ……！

……この人たちの仕業《しわざ》だったんだ。

蓮夜《れんや》くんはすぐさま押《お》さえつけるようにふたりの上《うえ》に乗《の》ると、彼《かれ》らの手首《てくび》をひねり上《あ》げた。

同時《どうじ》にふたり。それは目《め》にもとまらぬ速《はや》さだった。

……まるでアクション映画《えいが》を見《み》てるみたい。

「いてっ、いててて……っ!!」

「うわあっ……助《たす》けてくれっ……」

彼《かれ》らはなさけない声《こえ》をあげながら、「降参降参《こうさんこうさん》！」と連呼《れんこ》する。

さっきは私《わたし》の代《か》わりに水《みず》をかぶり、そして今《いま》は犯人《はんにん》たちと格闘《かくとう》している……。

しかもふたりいっぺんに。

蓮夜《れんや》くん、すごい身体能力《しんたいのうりょく》……。本当《ほんとう》に最強《さいきょう》だ。

私《わたし》が守《まも》るなんて言《い》ったことが恥《は》ずかしい。

「お前《まえ》、なんでこんなことした。言《い》え」

「ううっ……いてえっ、とにかく離《はな》してくれっ」

泣《な》きそうな声《こえ》をあげる彼《かれ》は、蓮夜《れんや》くんが要求《ようきゅう》どおり手《て》をゆるめたところで、

「頼《たの》まれたんだよ……っ」

切《き》れ切《ぎ》れに声《こえ》を出《だ》す。

「誰《だれ》にだ」

「………」

「いてててっ！」

黙《だま》り込《こ》むと蓮夜《れんや》くんの力《ちから》が加《くわ》わり、彼《かれ》らはまた苦痛《くつう》に顔《かお》をゆがめる。

「わ、わかった。話《はな》すから勘弁《かんべん》してくれ……っ。ひ、ヒメアさまだよ……っ」

ヒメア……百合園《ゆりぞの》さん⁉

ひとりの男子《だんし》には見覚《みおぼ》えがあった。さっき、私《わたし》に体育館履《たいいくかんば》きが捨《す》てられていると教《おし》えくれた人《ひと》。

そっか。彼《かれ》らは百合園《ゆりぞの》さんとグルになって、私《わたし》をあそこにおびき出《だ》したんだ。

事情《じじょう》をのみこみ、全身《ぜんしん》が冷《つめ》たくなっていく。

「見返《みかえ》りはなんだ」

「……っ、川西《かわにし》さんに水《みず》をかけたら、ペアを組《く》んでくれるって」

「はあっ？　それは俺《おれ》との約束《やくそく》だ！」

「んなわけないだろ！　俺《おれ》と組《く》むって言《い》ってたし！」

しかも仲間《なかま》割《わ》れを始《はじ》めるふたり。

「見苦《みぐる》しい言《い》い合《あ》いは後《あと》でやってくれ。どっちみち百合園《ゆりぞの》はお前《まえ》らを選《えら》ぶつもりはないだろうけどな」

蓮夜《れんや》くんがそう言《い》い放《はな》って思《おも》いきり手《て》を離《はな》すと、ふたりは地面《じめん》にたたきつけられた。

「そ、そんなあ……」

「くそっ……」

ペアのために、こんなことまでして……。

ふたりは百合園《ゆりぞの》さんが求《もと》めている上流階級《じょうりゅうかいきゅう》の生徒《せいと》ではなさそう。

きっと、うまいことそそのかされただけなんだ。

そう思《おも》ったらちょっと同情《どうじょう》してしまう。

「コイツらの後始末《あとしまつ》はたのんだ」

「ああ」

渚《なぎさ》くんにそう言《い》った蓮夜《れんや》くんは、

「莉桜《りお》、行《い》くぞ」

「えっ……」

地面《じめん》に横《よこ》たわる彼《かれ》らを残《のこ》して、真剣《しんけん》な表情《ひょうじょう》で校舎《こうしゃ》に入《はい》って行《い》った。

私《わたし》はそのあとを追《お》いかける。

全身《ぜんしん》びしょぬれの蓮夜《れんや》くんに、周《まわ》りは驚《おどろ》きを隠《かく》せない。けれど、誰《だれ》もが我《われ》に返《かえ》ったようにサッと道《みち》を開《あ》け、蓮夜《れんや》くんは速度《そくど》を落《お》とさず歩《ある》き続《つづ》ける。

その背中《せなか》は、静《しず》かな怒《いか》りをたずさえているようだった。

向《む》かったのは、花組《はなぐみ》。

蓮夜《れんや》くんの姿《すがた》を目《め》にしたクラスメイトたちは、一瞬《いっしゅん》にして静《しず》まり返《かえ》る。

そしてそこには。

「れん、や、さま……」

驚《おどろ》きに目《め》を見張《みは》る百合園《ゆりぞの》さんの姿《すがた》。

私《わたし》に水《みず》をかけたつもりが、蓮夜《れんや》くんがびしょぬれで現《あらわ》れたんだから当然《とうぜん》だよね。

「つめてえ……」

長《なが》い前髪《まえがみ》の先《さき》からも、したたり落《お》ちる水《みず》。

そのすき間《ま》から鋭《するど》い視線《しせん》を投《な》げられた百合園《ゆりぞの》さんは、「ひっ」と声《こえ》にならない声《こえ》をあげた。

「ど、どうして……っ」

そして、わなわなと唇《くちびる》を震《ふる》わせる。

「アンタの手先《てさき》、盛大《せいだい》にミスったぞ」

「な、なんのことなのか……」

きれいな顔《かお》が気《き》の毒《どく》なくらい引《ひ》きつっている。

「アイツらなら外《そと》で伸《の》びてる。手先《てさき》にするならもっと使《つか》えるヤツを選《えら》ぶんだったな」

「……っ」

どんどん顔《かお》が青《あお》くなる百合園《ゆりぞの》さん。

今度《こんど》こそ言《い》い逃《のが》れができないと思《おも》ったのか、手《て》のひらを返《かえ》すように蓮夜《れんや》くんにすがった。

「ご、ごめんなさいっ。れ、蓮夜《れんや》さまにかけるつもりはなくて……っ」

本当《ほんとう》に、百合園《ゆりぞの》さんの指示《しじ》だったんだ。

……どうしてこんな……。

今《いま》までに感《かん》じたことのないような、キリキリとした痛《いた》みを覚《おぼ》える胸《むね》。

「じゃあ、川西《かわにし》ならいいとでも?」

「……っ」

問《と》いかけに、口《くち》をつぐむ百合園《ゆりぞの》さん。

取《と》り巻《ま》きの女子《じょし》たちと目《め》を合《あ》わせて気《き》まずそうにうつむいた。

理由《りゆう》はこの間聞《あいだき》いたとおり。私《わたし》が目《め》ざわりだからだ。

だけどそれよりも苦《くる》しいのは、蓮夜《れんや》くんが水《みず》をかぶってしまったこと。

どうして私《わたし》をかばったりしたのよ……。

「ヒメアさまっ……」

そこへさっきの男子《だんし》ふたりが、渚《なぎさ》くんと葵《あおい》くんに連《つ》れられてやってきた。

「俺《おれ》とペアを組《く》んでくれるんですよねっ⁉」

「いや、それは俺《おれ》とじゃ……！」

「な、なに言《い》ってるのよ、そんな話《はなし》知らないわよっ」

「約束《やくそく》したじゃないですかっ！　川西莉桜《かわにしりお》をぎゃふんと言《い》わせたら――」

「だまりなさいよっ‼」

……なんて見苦《みぐる》しいやり取《と》り。聞《き》いてるこっちが恥《は》ずかしくなってくる。

百合園《ゆりぞの》さんたちに言《い》いたいことはたくさんあるけど、ここは蓮夜《れんや》くんが先《さき》。

「ねえ、とりあえず着替《きが》えないと。風邪《かぜ》ひくから……」

私《わたし》がたしなめるように口《くち》を開《ひら》くと、

「あの、これ……」

「よかったら使《つか》ってください」

遠巻《とおま》きに見《み》ていた女子《じょし》が蓮夜《れんや》くんにタオルを渡《わた》し始《はじ》めたのを皮切《かわき》りに、クラスもざわざわし始《はじ》めた。

「着替《きが》えに行《い》くぞ」

「チッ」

舌打《したう》ちを残《のこ》し、蓮夜《れんや》くんは渚《なぎさ》くんに連《つ》れられて教室《きょうしつ》を出《で》ていった。

それを見送《みおく》った私《わたし》は、気持《きも》ちを切《き》り替《か》えて百合園《ゆりぞの》さんに向《む》き合《あ》う。

「百合園《ゆりぞの》さん。こんなことしないで、言《い》いたいことがあるなら堂々《どうどう》と言《い》ってきて」

「な、なによっ……」

百合園《ゆりぞの》さんたちは宮帝学園《きゅうていがくえん》のカーストトップに君臨《くんりん》していて、こんな風《ふう》に真正面《ましょうめん》から意見《いけん》を言《い》われたことはないはず。

だけど私《わたし》は、相手《あいて》がどういう立場《たちば》であろうと、許《ゆる》せないものは許《ゆる》せない。権力《けんりょく》なんかに屈《くっ》しない。

「そのせいで、私《わたし》じゃない人《ひと》に迷惑《めいわく》がかかったの。百合園《ゆりぞの》さんだってそんなの望《のぞ》んでないでしょ？」

「なによ生意気《なまいき》に。そういう態度《たいど》が目《め》ざわりなのよ！」

「そうよっ、この学園《がくえん》にはルールがあるんだから……っ」

取《と》り巻《ま》きの女子《じょし》も強気《つよき》に出《で》る。

「ただの転入生《てんにゅうせい》が調子《ちょうし》にのるんじゃないわよっ！　転入生《てんにゅうせい》なら転入生《てんにゅうせい》らしく、おとなしくルールに従《したが》ってればいいのよ！」

「校則《こうそく》に書《か》いてないルールなんて知《し》らないし、そんなの守《まも》る義務《ぎむ》がどこにあるの？」

「そういうのが生意気《なまいき》だって言《い》うのっ！」

顔《かお》を真《ま》っ赤《か》にした百合園《ゆりぞの》さんが手《て》を振《ふ》り上《あ》げた時《とき》、

「はいはい、そこまで」

その手《て》をつかんだのは、葵《あおい》くんだった。

「……っ！　葵《あおい》さまっ……」

百合園《ゆりぞの》さんは唇《くちびる》をキュッと引《ひ》き結《むす》ぶと、今《いま》にも泣《な》きだしそうな顔《かお》で教室《きょうしつ》を出《で》ていってしまった。残《のこ》された取《と》り巻《ま》きの女子《じょし》たちも、居心地悪《いごこちわる》そうにその後《あと》を追《お》った。

本当《ほんとう》の自分《じぶん》【蓮夜《れんや》side】

俺《おれ》の家《いえ》に住《す》み込《こ》むことになった川西莉桜《かわにしりお》は、今《いま》まで俺《おれ》が出会《であ》ってきた女子《じょし》とはまるで違《ちが》った。

俺《おれ》が御曹司《おんぞうし》だからと臆《おく》することなく対等《たいとう》に接《せっ》し、飯《めし》をうまそうに食《く》い、顔全体《かおぜんたい》で感情《かんじょう》を表現《ひょうげん》する。

今《いま》まで、仮面《かめん》をかぶった女子《じょし》を散々見《さんざんみ》てきたせいか、ものすごく新鮮《しんせん》に映《うつ》った。

そういう俺《おれ》だって、仮面《かめん》をかぶってるんだけどな……。

〝鮫嶋家《さめじまけ》の名《な》を汚《けが》さないよう〟〝御曹司《おんぞうし》らしく〟

幼《おさな》いころから植《う》え付《つ》けられてきたそれは、もはや自分《じぶん》の個性《こせい》がなんなのかもわからなくなるほど、俺《おれ》を型《かた》にはめた。

俺《おれ》って、本当《ほんとう》はどんな人間《にんげん》なんだ……。

わからなくなればなるほど、俺《おれ》は表情《ひょうじょう》を捨《す》て、感情《かんじょう》を殺《ころ》した。

なのに莉桜《りお》と接《せっ》していると、本来《ほんらい》の俺《おれ》ってこうなのかと思《おも》える部分《ぶぶん》があって。

だんだん肩《かた》の力《ちから》が抜《ぬ》けるのを感《かん》じていた。

俺《おれ》の知《し》る女子《じょし》は、男《おとこ》に守《まも》ってもらって当然《とうぜん》だと考《かんが》えるヤツばかりで、俺《おれ》もそれが当《あ》たり前《まえ》なのだと疑《うたが》わなかった。

だけど莉桜《りお》は違《ちが》う。人《ひと》に頼《たよ》ることを知《し》らず、むしろ俺《おれ》を守《まも》ると言《い》った。

そんなこと言《い》ってきたヤツ、初《はじ》めてだ。

莉桜《りお》といると、俺《おれ》が信《しん》じて来《き》た価値観《かちかん》まで狂《くる》わされる。

そのほっそい腕《うで》で、どうやって俺《おれ》を守《まも》るって言《い》うんだよ……。

もっと俺《おれ》に頼《たよ》れよ……。

そう思《おも》えば思《おも》うほど、莉桜《りお》のことが気《き》になっていった。


「つたく、災難《さいなん》だったな……」

家《いえ》に帰《かえ》り、借《か》りた制服《せいふく》を脱《ぬ》ぎ捨《す》てた俺《おれ》は、ベッドにあおむけで寝転《ねころ》んだ。

あのとき、俺《おれ》は事前《じぜん》に危機《きき》を察知《さっち》していた。

莉《り》桜《お》に体育館履《たいいくかんば》きの件《けん》を伝《つた》えて来《き》た男《おとこ》が、百合園《ゆりぞの》の手先《てさき》ともいえるヤツだからイヤな予感《よかん》がしたんだ。

後《あと》をつけてみると、莉《り》桜《お》は捨《す》てられていた体育館履《たいいくかんば》きを大事《だいじ》そうに胸《むね》に抱《かか》えていた。

また買《か》えばいいものを……。

やっぱりあの男《おとこ》は百合園《ゆりぞの》に指示《しじ》されてたのだと確信《かくしん》し、じゃあ、なぜ……と頭《あたま》をひねり。

ふと見上《みあ》げたら、莉《り》桜《お》の真上《まうえ》の窓《まど》から今《いま》まさにバケツをひっくり返《かえ》そうとしている男《おとこ》の姿《すがた》。

考《かんが》えている余地《よち》はなかった。

とっさに着《き》ているブレザーを脱《ぬ》ぎ、俺《おれ》は莉《り》桜《お》に向《む》かって突進《とっしん》していた。

――直後《ちょくご》。

ザバ――ッと水《みず》を浴《あ》びた。

正直《しょうじき》、冷《つめ》たくて不快《ふかい》だった。

けど、これをまともにかぶったのが莉《り》桜《お》じゃなくてよかった。

莉《り》桜《お》を守《まも》れてよかったと、心《こころ》の底《そこ》から思《おも》ったんだ……。

部屋《へや》のチャイムが鳴《な》って、はっと気《き》づく。

「やべえ……」

ベッドでうとうとしていたらしい。スマホを見《み》ると、ほんの十分程度《じゅっぷんていど》だけど。

誰《だれ》だ？

メイドや莉桜《りお》が仕事《しごと》で来《く》るなら、ノックして勝手《かって》に入《はい》ってくるはず。

ドアを開《あ》けるとそこにいたのは莉桜《りお》だった。

「なんだよ。勝手《かって》に入《はい》ってこいよ」

「ああ、うん。でも、今《いま》は仕事《しごと》じゃないから」

優《やさ》しくしたいのにあまのじゃくな俺《おれ》は、結局冷《けっきょくつめ》たい言《い》い方《かた》しかできない。

「今日《きょう》はありがとう。そして、ごめんなさい……」

顔色《かおいろ》はあまりよくなく、いつもの元気《げんき》もない。

……そうだよな。水《みず》を掛《か》けられるはずだったのは自分《じぶん》。気《き》が滅入《めい》るのは当然《とうぜん》だ。

だけど。

「莉桜《りお》がぬれなくてよかった……」

心《こころ》の底《そこ》からの想《おも》いを口《くち》にし、俺《おれ》は莉桜《りお》を抱《だ》きしめた。

「れ、蓮夜《れんや》く、ん……？」

戸惑《とまど》う莉桜《りお》の声《こえ》が聞《き》こえるけど、俺《おれ》は体《からだ》をはなさなかった。

ものすごく愛《いと》おしいと思《おも》ったんだ。

生《う》まれたときから鮫嶋財閥《さめじまざいばつ》の御曹司《おんぞうし》として教育《きょういく》され、発言《はつげん》や行動《こうどう》にほとんど自由《じゆう》はなかった。

なんでも不自由《ふじゆう》なく与《あた》えられたけど、感情《かんじょう》のまま生《い》きることは許《ゆる》されなかった。

どうせ結婚相手《けっこんあいて》も親《おや》が決《き》めた相手《あいて》とするんだろうと、女子《じょし》に恋愛感情《れんあいかんじょう》を抱《いだ》くことすらなかった。

じゃあ……莉桜《りお》へのこの気持《きも》ちは、いったい……。

――プルルルル。

部屋《へや》の電話《でんわ》が鳴《な》った。

我《われ》に返《かえ》って莉桜《りお》を離《はな》す。電話《でんわ》は執事《しつじ》からだった。

『ご学友《がくゆう》の花菱渚《はなびしなぎさ》さまがお見《み》えです』

「渚《なぎさ》が？」

『もうお部屋《へや》に向《む》かっておりますので、よろしくお願《ねが》いします』

……どういうことだ？

「渚《なぎさ》が来《き》てるらしい」

電話《でんわ》を終《お》えて莉桜《りお》に伝《つた》えると。

「えっ、じゃあ私《わたし》は部屋《へや》に戻《もど》らなきゃ！」

きびすを返《かえ》そうとした莉桜《りお》の腕《うで》をつかむ。

「待《ま》て。もうこっちに向《む》かってるらしいから鉢合《はちあ》わせしたらまずい。とりあえずあっちに隠《かく》れて」

バスルームに身《み》を隠《かく》すよう言《い》い、莉桜《りお》が隠《かく》れた瞬間《しゅんかん》、部屋《へや》のドアがノックされた。

「蓮夜《れんや》ー、いるんだろー」

「ああ」

部屋《へや》の中《なか》から返事《へんじ》をするとドアが開《あ》いて渚《なぎさ》が顔《かお》を出《だ》した。

「いやー、マジ今日《きょう》のあれは傑作《けっさく》だったなー」

ソファに座《すわ》った渚《なぎさ》は、笑《わら》いながら手《て》を叩《たた》いた。

渚《なぎさ》は、俺《おれ》と同《おな》じで実行犯《じっこうはん》の男《おとこ》の不審《ふしん》な行動《こうどう》に気《き》づき、見張《みは》っていたらしい。

ある。

「笑《わら》いごとじゃねえだろ」

財閥《ざいばつ》の息子同士《むすこどうし》、昔《むかし》から顔見知《かおみし》り。べつに仲《なか》よくないが、何度《なんど》かここへも来《き》たことが
「まあ、色々助《いろいろたす》かった」

「そこは素直《すなお》にありがとう、だろ？」

「……ああ」

「つたく、素直《すなお》じゃねえなー。てか、ひとり？」

「は？」

質問《しつもん》の意味《いみ》がわからない。橙弥《とうや》と一緒《いっしょ》にいるわけ――。

「いやあ……ちょっとねえ」

頭《あたま》の後《うし》ろに両手《りょうて》を持《も》って行《い》き、部屋《へや》の中《なか》をチェックするように見回《みまわ》す渚《なぎさ》。

橙弥《とうや》のことを言《い》っているわけじゃない……？

その時《とき》だった。

――くしゅん！

ほんのわずかだけど、バスルームの方《ほう》から聞《き》こえて来《き》た音《おと》。

……莉桜《りお》、くしゃみすんなよ……。心《こころ》の中《なか》で舌打《したう》ち。

渚《なぎさ》も言及《げんきゅう》こそしないけど、探《さが》し物《もの》を見《み》つけたかのように、音《おと》の方《ほう》をジッと見《み》つめていたのが気《き》になる……。

そもそも、何《なに》かを探《さぐ》りに来《き》たような渚《なぎさ》に、俺《おれ》は警戒心《けいかいしん》をほどけない。

「まあ、元気《げんき》そうならよかったわ」

何《なに》をたくらんでるんだ……？

ニヤリと口角《こうかく》をあげながら、渚《なぎさ》はメイドが用意《ようい》した紅茶《こうちゃ》をすすった。

ペアのお誘《さそ》い、ふたたび

翌日《よくじつ》。百合園《ゆりぞの》さんたちは、さすがにおとなしかった。

だからか教室《きょうしつ》の雰囲気《ふんいき》も、いつもと違《ちが》って緊張感《きんちょうかん》がやわらいでる。

百合園《ゆりぞの》さんたちのグループの影響力《えいきょうりょく》ってすごいんだなあ。

一度目《いちどめ》が合《あ》ったけど、今日《きょう》は彼女《かのじょ》のほうからそらされた。

本当《ほんとう》ならもっと言《い》いたいことはあったけど、自分《じぶん》の立場《たちば》を考《かんが》えてのみこんだ。

だって本当《ほんとう》なら、私《わたし》はここにいないはずの人間《にんげん》だから……。

授業《じゅぎょう》のグループワークで、くるみちゃん、蓮夜《れんや》くん、渚《なぎさ》くん、あと男子《だんし》ひとりと同《おな》じ班《はん》になった。

出《だ》された課題《かだい》についてディベートする時間《じかん》なのに、渚《なぎさ》くんが振《ふ》ってきた話題《わだい》は思《おも》いもよらないもので。

「俺《おれ》さ、昨日《きのう》蓮夜《れんや》の家《いえ》に行《い》ったんだよ」

「そ、そうなんだ……」

まるで、私《わたし》の反応《はんのう》をうかがうように。

「ところで、蓮夜《れんや》って猫《ねこ》でも飼《か》ってんの？」

今度《こんど》は蓮夜《れんや》くんへ。

「……何《なに》が言《い》いたいんだよ」

冷静《れいせい》に返《かえ》す蓮夜《れんや》くんは、何《なに》かを警戒《けいかい》しているよう。

「ん？　ここで言《い》ってもいいなら言《い》うけど」

すると蓮夜《れんや》くんは「出《で》ろ」と廊下《ろうか》にうながし、余裕《よゆう》そうにそれに応《おう》じる渚《なぎさ》くん。

なに……？

ただならぬ空気《くうき》を感《かん》じて、私《わたし》もくるみちゃんともうひとりの男子《だんし》に断《ことわ》りを入《い》れて、ふたりを追《お》いかけて行《い》った。

猫《ねこ》って……まさか、あのときのくしゃみ!?

どうしてもくしゃみが我慢《がまん》できなくなっちゃって。

それでも声《こえ》は抑《おさ》えたつもりだったのに、バスルームだから思《おも》ったより響《ひび》いちゃったみたいなんだ。

あとで、蓮夜《れんや》くんに聞《き》こえてたって言《い》われて焦《あせ》ったのなんのって。

でも、渚《なぎさ》くんが何《なに》も言《い》わなかったらしいから、安心《あんしん》していたんだけど……。

廊下《ろうか》に出《で》ると、私《わたし》を待《ま》っていたかのように渚《なぎさ》くんが口《くち》を開《ひら》いた。

「実《じつ》はさ、俺見《おれみ》ちゃったんだよね」

「なにをだよ」

もったいぶる渚《なぎさ》くんに、焦《あせ》りを募《つの》らせたような蓮夜《れんや》くんが、早《はや》く言《い》えとせかす。

「莉桜《りお》ちゃんが転入《てんにゅう》してきてまだ間《ま》もないころ。蓮夜《れんや》の車《くるま》に莉桜《りお》ちゃんが乗《の》るの」

「「……っ」」

ふたりして、言葉《ことば》に詰《つ》まってしまった。

蓮夜《れんや》くんの車《くるま》に乗《の》ったのは一度《いちど》きり。

葵《あおい》くんのピアノを聞《き》きに音楽室《おんがくしつ》に行《い》ったあの日《ひ》だ。

あれって結構前《けっこうまえ》だけど、そんなころから私《わたし》と蓮夜《れんや》くんの関係《かんけい》に疑《うたが》いを持《も》ってたの……？

「あれ、やっぱりなんかあんの？」

私《わたし》たちの反応《はんのう》は、渚《なぎさ》くんの思《おも》うツボだったみたい。

ポケットに両手《りょうて》を突《つ》っ込《こ》みながら私《わたし》たちを交互《こうご》に見《み》る渚《なぎさ》くんは、とっても楽《たの》しそう。

「ていうか、玄関《げんかん》に宮帝《きゅうてい》のローファーがあったし、それも女子《じょし》の。だから莉桜《りお》ちゃんが蓮夜《れんや》の家《いえ》にいるって確信《かくしん》してたけど」

うわっ、そんなところからバレてたんだ。

大《おお》きなため息《いき》をついた蓮夜《れんや》くんは、いつもより声《こえ》のトーンを下《さ》げて言《い》った。

「なんだよ。だったら先《さき》にそれ言《い》えよ、まどろっこしいな」

……怒《おこ》ってるみたいでこわい。

「打《う》ち明《あ》けてほしいじゃんかー。水《みず》くさいぞ、蓮夜《れんや》」

「そこまで仲《なか》よくねえだろ」

肩《かた》をはたく手《て》を迷惑《めいわく》そうに払《はら》う蓮夜《れんや》くんだけど、ふたりはなんだか気《き》が合《あ》いそう。

学校《がっこう》での絡《から》みはあまり見《み》たことがないけど、大財閥《だいざいばつ》の御曹司同士《おんぞうしどうし》、わかり合《あ》えることもあるのかな。

「いいか？　話《はな》しても」

許可《きょか》を取《と》る蓮夜《れんや》くんにうなずくと、私《わたし》が鮫嶋邸《さめじまてい》に住《す》むことになったいきさつを話《はな》した。

蓮夜《れんや》くんは、同《おな》じ境遇《きょうぐう》の渚《なぎさ》くんのことを信頼《しんらい》しているんだと思《おも》う。

昨日《きのう》の出来事《できごと》だって、渚《なぎさ》くんと葵《あおい》くんが協力《きょうりょく》して解決《かいけつ》してくれたんだし。

「へえ〜〜〜、そんなシンデレラストーリーが!!」

「…………」

大《おお》げさすぎる渚《なぎさ》くんの反応《はんのう》に、私《わたし》は思《おも》わず口《くち》を閉《と》ざしてしまう。

シンデレラ、なんて。そんないいものじゃないから。

「変《へん》な言《い》い方《かた》すんなよ。莉桜《りお》のお母《かあ》さんにはマジで感謝《かんしゃ》してんだから」

「悪《わる》い悪《わる》い。てか、莉桜《りお》ちゃん見《み》てたらお母《かあ》さんも想像《そうぞう》つくなー。かっこいい！　さすが莉桜《りお》ちゃんのお母《かあ》さんだ」

「このこと知《し》ってるのは他《ほか》には葵《あおい》だけだから、くれぐれも気《き》をつけろよ」

「わかった。その代《か》わり……莉桜《りお》ちゃん、俺《おれ》のペアになってよ」

「え？」

渚《なぎさ》くん、話《はなし》聞《き》いてた？

私《わたし》が令嬢《れいじょう》じゃないって、たった今《いま》知《し》ったよね？

なんで御曹司《おんぞうし》の皆《みな》さんは、口《くち》どめがわりに私《わたし》をペアにしたがるの⁉

「おい」

蓮夜《れんや》くんが渚《なぎさ》くんの胸《むな》もとを軽《かる》く押《お》すと、ふふっと笑《わら》う。

「なんで蓮夜《れんや》が不機嫌《ふきげん》になるんだよ。莉桜《りお》ちゃんだって誰《だれ》かとペアを組《く》むんだから誘《さそ》う権《けん》利《り》はあるだろ？」

「だとしてもだ。莉桜《りお》がお前《まえ》なんか選《えら》ぶわけないだろ」

「へえ、じゃあ蓮夜《れんや》は自分《じぶん》が選《えら》ばれる自信《じしん》があるわけ？」

「は？」

一瞬《いっしゅん》にして、ふたりの間《あいだ》に不穏《ふおん》な空気《くうき》が流《なが》れる。

顔《かお》と顔《かお》を寄《よ》せ合《あ》って、目《め》を吊《つ》り上《あ》げる蓮夜《れんや》くんと目《め》を細《ほそ》める渚《なぎさ》くん。

ちょ、ちょっとなに言《い》ってるの渚《なぎさ》くん⁉

蓮夜《れんや》くんが私《わたし》をペアにしたいと思《おも》うわけないし、私《わたし》が恥《は》ずかしいだけだからやめてよ〜。

「……好《す》きにしろよ」

蓮夜《れんや》くんはそう吐《は》き捨《す》てると、そのまま教室《きょうしつ》に戻《もど》ってしまった。

なんだか機嫌《きげん》が悪《わる》くなったけど、どうしたんだろう。

肩《かた》をすくめて手《て》のひらを上《うえ》にあげる渚《なぎさ》くんに、私《わたし》も苦笑《にがわら》いした。

待《ま》ちに待《ま》っていた放課後《ほうかご》がやってきた。実《じつ》は今日《きょう》、お母《かあ》さんが退院《たいいん》するの！

午前中《ごぜんちゅう》に退院《たいいん》している予定《よてい》だから、もう家《いえ》にいるはず。

まだ松葉杖《まつばづえ》は手放《てばな》せないしリハビリもがんばらないといけない。

これからはお母《かあ》さんの世話《せわ》をしたいから、私《わたし》は離《はな》れに戻《もど》ることにしたんだ。

私《わたし》が学校《がっこう》から帰《かえ》ったのと、奥《おく》さまが外出《がいしゅつ》から戻《もど》って来《き》たのがちょうど一緒《いっしょ》になり、あいさつをさせてもらうことに。

「あら莉桜《りお》ちゃん、なんだかますますかわいくなったんじゃない？」

かわいいかどうかは別《べつ》にして、髪《かみ》の毛《け》がきれいになったことで見《み》た目《め》はずいぶんマシになったはず。奥《おく》さま、一言目《ひとことめ》がそれとはさすが。

あとは、宮帝学園《きゅうていがくえん》の素敵《すてき》な制服《せいふく》を着《き》ているのもあるかも。

「奥《おく》さまのおかげです。美容院《びよういん》も、ありがとうございました」

「美容院《びよういん》……？」

「え？」

話《はなし》がかみ合《あ》わず、お互《たが》いにポカンとする。

毎日忙《まいにちいそが》しい奥《おく》さまだから、いちいちそんなこと覚《おぼ》えてないのかな。

そこは流《なが》して本題《ほんだい》へ入《はい》った。

「えっと……あと、せっかく本邸《ほんてい》に住《す》まわせてもらったんですが、今日母《きょうはは》が退院《たいいん》するので、離《はな》れに戻《もど》らせてもらいます」

「あらもう退院《たいいん》できるのね！　よかったわぁ」

私《わたし》の手《て》を取《と》って喜《よろこ》ぶ奥《おく》さまは、忙《いそが》しいのに病院《びょういん》までお見舞《みま》いにも行《い》ってくれたそう。

おいしいお菓子《かし》ももってきてくれたのって、お母《かあ》さんすごく感激《かんげき》してた。

「おかげさまで、ありがとうございます」

「こちらこそよ。莉桜《りお》ちゃんのおかげで、橙弥《とうや》も学校《がっこう》に行《い》くようになったんですって？

山田《やまだ》から聞《き》いてもう泣《な》いちゃったわよ～」

山田《やまだ》さんというのは、奥《おく》さまの専属執事《せんぞくしつじ》さん。

「私《わたし》はなにもっ。それは橙弥《とうや》くんが自分《じぶん》で決《き》めたことなので」

「莉桜《りお》ちゃんがふたりのそばにいてくれてよかったわ。蓮夜《れんや》もそれがわかって莉桜《りお》ちゃんを隣《となり》に住《す》まわせるって言《い》ったのね」

ん？　今《いま》、なんて？

私《わたし》の不思議顔《ふしぎがお》に気《き》づいた奥《おく》さまも、ん？と不思議《ふしぎ》な顔《かお》をした。

「あら、聞《き》いてないの？　あの部屋《へや》に莉桜《りお》ちゃんを住《す》まわせたいって言《い》ってきたのは蓮夜《れんや》なのよ」

「えっ……」

まさか。

てっきり奥《おく》さまだと思《おも》っていた私《わたし》は、衝撃《しょうげき》で言葉《ことば》が出《で》なくなる。

じゃあ、美容院《びよういん》やネイルも……？

「びっくりしたけど、その選択《せんたく》は間違《まちが》ってなかったみたいね。蓮夜《れんや》も前《まえ》より人当《ひとあ》たりがよくなったみたい。取引先《とりひきさき》のお相手様《あいてさま》にも褒《ほ》められてたわ」

「そ、そうなんですね……」

「だから残念《ざんねん》だけど、お母《かあ》さんもひとりじゃまだ不便《ふべん》だから莉桜《りお》ちゃんがいてあげないとね。もし余裕《よゆう》ができたら、また隣《となり》に来《き》てやってちょうだい。本邸《ほんてい》への出入《でい》りは自由《じゆう》だから、これからも蓮夜《れんや》と橙弥《とうや》のこと、よろしくね」

「はいっ、ありがとうございます」

奥《おく》さまじゃなかった……。すべてのことは、蓮夜《れんや》くんが決《き》めていたんだ。

部屋《へや》の内装《ないそう》も、クローゼットの中身《なかみ》も……？

そっか、蓮夜《れんや》くんが……。

それを知《し》った今《いま》、私《わたし》の胸《むね》の中《なか》は高揚感《こうようかん》に満《み》ちていた。


「お母《かあ》さんっ、お帰《かえ》りなさい！」

家《いえ》に帰《かえ》るとお母《かあ》さんがいて、私《わたし》は抱《だ》きついて喜《よろこ》びを爆発《ばくはつ》させた。

またお母《かあ》さんと一緒《いっしょ》に暮《く》らせる！

「お母《かあ》さんも嬉《うれ》しい！　やっぱり莉桜《りお》がいないとさみしくてさみしくて」

「今日《きょう》は退院祝《たいいんいわ》いでごちそうにするから期待《きたい》しててね！」

昨日《きのう》のうちに冷蔵庫《れいぞうこ》はいっぱいにしておいた。今日《きょう》は腕《うで》によりをかけて食事《しょくじ》を作《つく》るんだ。

食事《しょくじ》も今日《きょう》からはここでお母《かあ》さんととることになる。

しばらく料理《りょうり》してなかったから、腕《うで》が落《お》ちてないか心配《しんぱい》だけど。

「こんなに広《ひろ》い部屋《へや》を用意《ようい》してもらっちゃって、なんだか申《もう》し訳《わけ》ないわね」

「ほんとだよねえ……」

ここも十分広《じゅうぶんひろ》いけど、あの部屋《へや》に比《くら》べればだいぶ落《お》ち着《つ》く。

やっぱり私《わたし》にあの部屋《へや》は似合《にあ》わないよ。

だけど、蓮夜《れんや》くんとの関《かか》わりが薄《うす》れてしまうのは、ちょっぴり寂《さみ》しいな……。

最初《さいしょ》は仲《なか》よくできるわけないと思《おも》っていたのに、今《いま》では信《しん》じられないくらい蓮夜《れんや》くんのことを信頼《しんらい》しているし、話《はな》していると安心《あんしん》できる存在《そんざい》。

そして。

蓮夜《れんや》くんのことを考《かんが》えると、なんだか胸《むね》の奥《おく》がぎゅっと痛《いた》くなる……。

「莉桜《りお》？」

「へっ？」

あっ、物思《ものおも》いにふけっちゃった。

「お母《かあ》さんのことなら気《き》にしないでいいのよ。仕事仲間《しごとなかま》から聞《き》いたんだけど、おぼっちゃまたちの部屋《へや》の隣《となり》に住《す》まわせてもらっていたんだってね」

「ああっ、うん」

なんだ、知《し》ってたんだ。

「それ聞《き》いて安心《あんしん》したの。ここでひとりで暮《く》らすのはさみしかっただろうから。もし、そっちがいいなら――」

「なに言《い》ってるの、私《わたし》はお母《かあ》さんと一緒《いっしょ》に住《す》みたいに決《き》まってるじゃん。あそこ、なんか落《お》ち着《つ》かなくて」

苦笑《にがわら》いしながらキッチンに移動《いどう》して、冷蔵庫《れいぞうこ》を開《あ》けた。

「そう……ならいいけど……」

それ以上《いじょう》、お母《かあ》さんは何《なに》も言《い》わなかった。

私《わたし》のいるべき場所《ばしょ》は、お母《かあ》さんのそば。

私《わたし》は本来《ほんらい》、鮫嶋兄弟《さめじまきょうだい》と関《かか》われるような人間《にんげん》じゃないんだと、自分自身《じぶんじしん》に言《い》い聞《き》かせた。

秋晴《あきば》れのバーベキュー

「はい、お肉焼《にくや》けたよー。ねえ、渚《なぎさ》くん、お肉《にく》ばっかり取《と》らないで野菜《やさい》も食《た》べて！　あっ、葵《あおい》くんっ、それまだ生焼《なまや》け……！」

秋晴《あきば》れの今日《きょう》、私《わたし》は鮫嶋邸《さめじまてい》のお庭《にわ》でお肉《にく》を焼《や》くのに忙《いそが》しい。

何《なに》をしているかというと。

バーベキュー‼

今日《きょう》は、日本三大財閥当主《にほんさんだいざいばつとうしゅ》の集《あつ》まりが鮫嶋邸《さめじまてい》で行《おこな》われることになり、御曹司《おんぞうし》たちも呼《よ》ばれ。

午後《ごご》からは大人《おとな》だけで懇談《こんだん》するらしく、せっかくだからみんなでバーベキューでもしたらどうだという旦那《だんな》さまからの提案《ていあん》だったんだけど。

御曹司《おんぞうし》さまたちは食《た》べる専門《せんもん》で、私《わたし》は汗《あせ》だくになりながらお肉《にく》を焼《や》きまくっているのだ。

しかも、焼《や》いているそばからお肉《にく》がなくなっていくから大変《たいへん》！

「お前《まえ》ら、莉桜《りお》にばっかりやらせてないで自分《じぶん》で焼《や》けよ」

そんな中《なか》、意外《いがい》にも蓮夜《れんや》くんは私《わたし》に協力《きょうりょく》して一緒《いっしょ》に動《うご》いてくれている。

こういうの一番《いちばん》やらなそうなタイプに見《み》えたのに、頭《あたま》にタオルをまいた姿《すがた》はもう職《しょく》人《にん》さんみたい。腕《うで》まくりまでしちゃって、意外《いがい》と似合《にあ》ってる。

でも、とっても頼《たの》もしい。

「はいはい、やればいいんだろー」

しぶしぶ渚《なぎさ》くんがナスや玉《たま》ねぎを網《あみ》の上《うえ》に転《ころ》がせば、すぐさまトングでそれを取《と》り上《あ》げる蓮夜《れんや》くん。

「そこは肉《にく》スペースなんだよ！　野菜《やさい》はこっち！」

ふふふ、結構几帳面《けっこうきちょうめん》な一面《いちめん》も見《み》れておもしろいなあ。こういうのって、性格《せいかく》が出《で》るよね。

「蓮夜《れんや》がバーベキュー奉行《ぶぎょう》とか意外《いがい》すぎ」

「は？　その言《い》い方《かた》やめろ」

そのとき、網《あみ》の上《うえ》から黒《くろ》い煙《けむり》と灰《はい》のカスが巻《ま》き上《あ》がった。

「うわっ」

「ケホケホッ！」

思《おも》わずせきこむ。

見《み》れば、葵《あおい》くんが網《あみ》に向《む》かってフーフー息《いき》を吹《ふ》きかけてるじゃない！

「葵《あおい》なにやってんだよ！　やめろ！」

「えーだって、火《ひ》が消《き》えてるから吹《ふ》いたらつくかなって」

「炭《すみ》だから大丈夫《だいじょうぶ》なんだよ！　もういいっ、やっぱりお前《まえ》らは手《て》を出《だ》すな」

あきらめたように蓮夜《れんや》くんが言《い》うと、

「はーい」

椅子《いす》にふんぞり返《かえ》った葵《あおい》くんは、また嬉《うれ》しそうにお肉《にく》を口《くち》へ運《はこ》んでいく。

ふふふ。

学園《がくえん》では高嶺《たかね》の花《はな》としてあがめられている御曹司《おんぞうし》の三人《さんにん》も、こんな姿《すがた》は普通《ふつう》の男《おとこ》の子《こ》と変《か》わらないなあ。

汗《あせ》をかきながら一生懸命《いっしょうけんめい》お肉《にく》や野菜《やさい》を焼《や》いている蓮夜《れんや》くんを見《み》られるなんて貴重《きちょう》だ。

教室《きょうしつ》でのクールな蓮夜《れんや》くんからはイメージできない。

蓮夜《れんや》くんて、無限大《むげんだい》の魅力《みりょく》もった不思議《ふしぎ》な人《ひと》。

普段《ふだん》はぶっきらぼうでとっつきにくいけど、責任感《せきにんかん》があってここぞってときには男《おとこ》らしくて……。

蓮夜《れんや》くん、知《し》れば知《し》るほどいいところばかりが増《ふ》えていくよ……。

「なに？」

視線《しせん》を感《かん》じたのか、蓮夜《れんや》くんがパッとこちらを見《み》た。

「へっ。な、なんでもないよっ……」

わわっ。

ぼーっとしてつい見《み》つめちゃった。

あわてて顔《かお》を戻《もど》したけど、めざとい渚《なぎさ》くんはそれを見逃《みのが》さず。

「あれー、莉桜《りお》ちゃんなんだか顔赤《かおあか》くない？」

イジワルな瞳《ひとみ》を向《む》けてくる。

「ひ、火《ひ》の前《まえ》にいれば赤《あか》くもなるよ……っ」

やめて──っ！

蓮夜《れんや》くんに変《へん》に思《おも》われちゃうじゃんっ……て内心焦《ないしんあせ》りまくる私《わたし》。とそのとき──。

「食《く》ってるだけのヤツは黙《だま》ってろよ」

うまく立《た》ち回《まわ》れず困《こま》っている私《わたし》の前《まえ》に蓮夜《れんや》くんがすっと割《わ》り込《こ》み、網《あみ》の上《うえ》のお肉《にく》をひっくり返《かえ》した。

そして、トングの先《さき》についた焦《こ》げを渚《なぎさ》くんに向《む》かって飛《と》ばす。

「おいやめろよ～。ヤケドしたらどうすんだよ～」

大《おお》げさに逃《に》げる渚《なぎさ》くん。

わっ、蓮夜《れんや》くんありがとう！

渚《なぎさ》くんはちょっとかわいそうだけど、おもしろくて笑《わら》っちゃう。

「ところで、莉桜《りお》ちゃんペアの件《けん》どうなった？　俺《おれ》と組《く》む気《き》になってくれた？」

それにめげずにニコニコとした笑顔《えがお》で聞《き》いてくる内容《ないよう》は、できれば出《だ》さないでほしかった話題《わだい》。

「それは……」

「渚《なぎさ》、まさか莉桜《りお》ちゃんにペアお願《ねが》いしてるの？」

「まあね～」

「それなら俺《おれ》の方《ほう》が先《さき》に予約《よやく》してるからダメだよ」

「はあ？　なに言《い》ってんだよ」

そんな葵《あおい》くんと渚《なぎさ》くんの会話《かいわ》に反応《はんのう》したのは、蓮夜《れんや》くん。

無言《むごん》でギロッと見《み》られて、気《き》まずい私《わたし》は目《め》をそらす。

「それ聞《き》いてない」

だけど抑揚《よくよう》のない声《こえ》が突《つ》き刺《さ》さり、おそるおそる目線《めせん》を戻《もど》すと。

ジトッとした目《め》で私《わたし》を見《み》ていた。

「あはっ、あははは」

これ、蓮夜《れんや》くんに報告《ほうこく》した方《ほう》がいい話《はなし》だった……？

素性《すじょう》がバレたことは話《はな》してたけど、それはいいかなって。

「莉桜《りお》は誰《だれ》と組《く》みたいんだよ」

蓮夜《れんや》くんの不機嫌《ふきげん》そうな問《と》いかけに、葵《あおい》くんと渚《なぎさ》くんも言《い》い合《あ》いをやめて私《わたし》の返事《へんじ》を待《ま》つ。

えっとぉ……。

「わ、私《わたし》は先生《せんせい》が組《く》んでくれる人《ひと》とでいいよっ！」

だって本当《ほんとう》だもん。

私《わたし》が誰《だれ》かを選《えら》ぶとかありえないし。ていうか、選《えら》ばれた相手《あいて》も困《こま》るよね。

「あ、橙弥《とうや》だ」

そのとき、葵《あおい》くんがポツリと言《い》って。

見《み》れば、なんと橙弥《とうや》くんが姿《すがた》を見《み》せていた。

わっ、橙弥《とうや》くんが来《き》た！　私《わたし》は嬉《うれ》しくて思《おも》わず駆《か》け寄《よ》る。

「来《き》てくれてよかった！」

「……ああ」

もちろん声《こえ》はかけていたんだけど、来《こ》ないと思《おも》ってた。

居心地悪《いごこちわる》そうに輪《わ》に加《くわ》わった橙弥《とうや》くんに、

「ここ座《すわ》れよ」

すかさず蓮夜《れんや》くんが椅子《いす》のひとつを空《あ》けて、橙弥《とうや》くんを座《すわ》らせる。

橙弥《とうや》くんは黙《だま》ってうなずいて、そこに座《すわ》った。

意外《いがい》……。

この間《あいだ》の朝食《ちょうしょく》のときはそっけなかったのに、今《いま》は弟《おとうと》を気《き》にかけるいいお兄《にい》ちゃんに見《み》えたから。そんなふたりを見《み》て、自然《しぜん》と口《くち》もとがゆるむ。

「橙弥《とうや》くん、はいどうぞ」

私《わたし》も焼《や》けたばかりのお肉《にく》や野菜《やさい》をお皿《さら》にのせて手渡《てわた》した。

「ありがとう」

嬉《うれ》しそうに微笑《ほほえ》む橙弥《とうや》くん。

それを見《み》て、おもしろくなさそうに口《くち》をとがらせるのは葵《あおい》くんと渚《なぎさ》くん。

「なんで橙弥《とうや》にだけに優《やさ》しいんだよー」

「特別扱《とくべつあつか》いはんたーい！」

「みんなはたくさん食《た》べたでしょ！　橙弥《とうや》くんは来《き》たばっかりなんだから」

それから、日《ひ》が暮《く》れるまでみんなで鮫嶋邸《さめじまてい》の広大《こうだい》な庭《にわ》を満喫《まんきつ》した。

気《き》づいた気《き》持《も》ち

今日《きょう》の体育《たいいく》は、体育館《たいいくかん》でなんでも好《す》きなことをしていいと言《い》われた。

各々《おのおの》バスケや卓球《たっきゅう》など自由《じゆう》に活動《かつどう》していて、私《わたし》もくるみちゃんとバドミントンをしていたら。

「ねえ、私《わたし》たちもいっしょにいいかな」

話《はな》しかけてきたのは、クラスメイトの立花《たちばな》さんと高村《たかむら》さんと今野《こんの》さん。

突然《とつぜん》のことにびっくりする私《わたし》。だって、今《いま》まで話《はな》したこともない子《こ》たちだったから。

「もちろん！」

私《わたし》が言《い》うと、くるみちゃんもにっこり笑《わら》った。

「ありがとう。実《じつ》は、私《わたし》たち川西《かわにし》さんと話《はな》してみたかったけど、百合園《ゆりぞの》さんの目《め》が気《き》になって……」

「ごめんね」

三人《さんにん》は申《もう》し訳《わけ》なさそうに手《て》を合《あ》わせるから、私《わたし》はううんと首《くび》を横《よこ》に振《ふ》った。

こうして今《いま》、話《はな》しかけてきてくれただけでとっても嬉《うれ》しい。

立花《たちばな》さんは言《い》いにくそうに口《くち》を開《ひら》く。

「百合園《ゆりぞの》さんて、気《き》に入《い》らない子《こ》たちにはいつも意地悪《いじわる》なことしてて。今《いま》までだったらそれでも彼女《かのじょ》たちが正義《せいぎ》みたいなところがあって誰《だれ》も何《なに》も言《い》えなかったの。だから、川西《かわにし》さんが百合園《ゆりぞの》さんに向《む》かって行《い》ったの、なんだかスカッとしたんだ」

「うんうん。川西《かわにし》さんて何《なに》を言《い》われてもいつも毅然《きぜん》としてるし、かっこいいなって思《おも》ってたの」

「あんなことされたら、私《わたし》なら学校《がっこう》に来《こ》れなくなっちゃうと思《おも》うのに……川西《かわにし》さんて本《ほん》当《とう》にすごい、友達《ともだち》になって！」

最後《さいご》に、今野《こんの》さんに手《て》をにぎられた。

えっ！

「こ、こちらこそ！」

ぎゅっと握《にぎ》り返《かえ》すと、みんなほっとしたように笑《わら》ってくれた。

品《ひん》がよくて、見《み》るからにお嬢《じょう》さまっぽい彼女《かのじょ》たち。

だから百合園《ゆりぞの》さんたちと同《おな》じ意見《いけん》かと思《おも》っていたけど、みんなも百合園《ゆりぞの》さんたちの言動《げんどう》には思《おも》うところがあったんだ……。

なんだかジーンとして、涙《なみだ》が出《で》てきちゃう。

くるみちゃん以外《いがい》の友達《ともだち》ができると思《おも》わなかったよ……。

話《はなし》を聞《き》くと、みんなのお父《とう》さんは中堅企業《ちゅうけんきぎょう》に勤《つと》めているらしく、今《いま》まで百合園《ゆりぞの》さんの目《め》を気《き》にしていたんだって。

くるみちゃんが言《い》っていたとおりだ。

この学園《がくえん》の子《こ》たちは、中学生《ちゅうがくせい》にしてものすごいカースト社会《しゃかい》に投《な》げ込《こ》まれてるんだ。

お金持《かねも》ちにはお金持《かねも》ちの悩《なや》みがあるんだろうなあ、なんて思《おも》った。


体育《たいいく》が終《お》わって教室《きょうしつ》に戻《もど》ると、まず最初《さいしょ》に目《め》に入《はい》ったのが蓮夜《れんや》くんの姿《すがた》。

最近《さいきん》、気《き》づくと蓮夜《れんや》くんばっかり目《め》で追《お》っちゃう。

偶然《ぐうぜん》なのか、意識的《いしきてき》なのか……。

だけど……蓮夜《れんや》くんのことが、すごく気《き》になるのは確《たし》かなんだ……。

「あれ……？」

蓮夜《れんや》くんの顔色《かおいろ》、いつもより赤《あか》くない？

体育《たいいく》のあとだからかと思《おも》ったけど、ずっとその赤《あか》さは変《か》わらず。

授業中《じゅぎょうちゅう》もこっそり見《み》ていると、時折《ときおり》つらそうな顔《かお》をしたりして、どう見《み》てもいつもの蓮夜《れんや》くんじゃない。

次《つぎ》の休《やす》み時間《じかん》、私《わたし》は蓮夜《れんや》くんに話《はな》しかけた。

「なに……」

そう答《こた》える呼吸《こきゅう》も、少《すこ》し荒《あら》い気《き》がした。

いつものぶっきらぼうとはまた違《ちが》い、余裕《よゆう》がなさそう。

「もしかして、体調悪《たいちょうわる》いんじゃない？　熱《ねつ》でもある？」

おでこに手《て》を伸《の》ばそうとすると、「やめろ」と振《ふ》り払《はら》われた。

「たいしたことねえ……」

それを聞《き》いて確信《かくしん》する。具合《ぐあい》が悪《わる》いけど我慢《がまん》しているんだと。

「ダメだよ！　保健室《ほけんしつ》行《い》こう！」

私《わたし》がそう言《い》うと、半笑《はんわら》いされた。

「は？　行《い》くわけないだろ」

「なんで？　具合《ぐあい》が悪《わる》いなら無理《むり》せず休《やす》まなきゃ！」

「財閥《ざいばつ》を背負《せお》う人間《にんげん》が、こんなことくらいで弱音《よわね》吐《は》いてらんねえの」

私《わたし》の言《い》うことに耳《みみ》を貸《か》さず、机《つくえ》の上《うえ》の教科書《きょうかしょ》やノートを乱雑《らんざつ》にしまい、次《つぎ》の教科《きょうか》の準備《じゅんび》をし始《はじ》める。

私《わたし》は、それを阻止《そし》するように教科書《きょうかしょ》の上《うえ》に手《て》を置《お》いた。

「だからこそ休《やす》まないといけないんじゃない？」

「……は？」

「限界《げんかい》まで無理《むり》することがかっこいいとでも思《おも》ってるの？」

「…………」

「蓮夜《れんや》くんが倒《たお》れたら困《こま》るのは周《まわ》りの人《ひと》なんだよ。もっと自分《じぶん》を大事《だいじ》にしてよ！」

「…………」

「上《うえ》に立《た》つ人《ひと》が無理《むり》してたら、周《まわ》りの人《ひと》も無理《むり》しないといけない空気《くうき》になるでしょ。そういうの、よくないと思《おも》う」

黙《だま》って私《わたし》の言葉《ことば》を聞《き》いていた蓮夜《れんや》くん。

一度小《いちどちい》さく口《くち》を引《ひ》き結《むす》び、ふーっと息《いき》を吐《は》いた。

「……だよな。莉桜《りお》の言《い》うとおりだ」

ゆっくり立《た》ち上《あ》がった蓮夜《れんや》くんは、私《わたし》の目《め》を見《み》て言《い》った。

「莉桜《りお》の言《い》うことなら聞《き》きたくなるから不思議《ふしぎ》」

胸《むね》がとくんと、小《ちい》さく鳴《な》った。


思《おも》ったとおり蓮夜《れんや》くんは熱《ねつ》があり、あのあと早退《そうたい》した。

蓮夜《れんや》くんどうしてるかな。大丈夫《だいじょうぶ》かな。今日一日《きょういちにち》ずっと気《き》になっていた。

授業中《じゅぎょうちゅう》も、帰《かえ》り道《みち》も、ご飯《はん》を作《つく》っているときも、食《た》べている今《いま》も……。

水《みず》をかけられたことは無関係《むかんけい》じゃないはず。あの時《とき》すぐに体《からだ》を拭《ふ》かなかったのが悪《わる》かったのかも。

私《わたし》のせいだ……。

「気《き》になるの？　蓮夜《れんや》さんのこと」

「え？」

「だって、さっきから全然《ぜんぜん》ご飯《はん》が進《すす》んでないじゃない。いつもよく食《た》べる莉桜《りお》が」

「そ、そんなことないよ」

言《い》って、手《て》と口《くち》をわざとらしく動《うご》かしたけど、お母《かあ》さんにはバレバレだった。

「行《い》ってあげなさい。蓮夜《れんや》さんには沢山《たくさん》お世話《せわ》になってるんでしょ？　お母《かあ》さんのことは気《き》にしないで大丈夫《だいじょうぶ》。松葉杖《まつばづえ》を使《つか》えば不自由《ふじゆう》なく動《うご》けるんだから」

そう言《い》って、器用《きよう》に松葉杖《まつばづえ》をついてお茶《ちゃ》の用意《ようい》をするお母《かあ》さん。

「でも……」

家《いえ》に帰《かえ》ってすぐ、お母《かあ》さんには今日《きょう》の出来事《できごと》を話《はな》したんだ。

新《あたら》しく友達《ともだち》ができたこと、そして、蓮夜《れんや》くんが早退《そうたい》したこと……。

……きっと行《い》かなかったら、気《き》になって今夜《こんや》眠《ねむ》れない。

「ごめんねお母《かあ》さん。ちょっと行《い》ってくる！」

私《わたし》は部屋《へや》を飛《と》び出《だ》した。


蓮夜《れんや》くんの部屋《へや》の前《まえ》。

チャイムを鳴《な》らしたら起《お》こしちゃうと思《おも》い、ノックだけしてからそっと部屋《へや》に入《はい》った。

「失礼《しつれい》しまーす」

電気《でんき》はついているけど、人《ひと》の気配《けはい》はない。

さらに寝室《しんしつ》を開《あ》けると、そこも電気《でんき》はつけっぱなしで……蓮夜《れんや》くんはベッドに横《よこ》たわっていた。

呼吸《こきゅう》が荒《あら》いのか、胸《むね》もとが上下《じょうげ》に大《おお》きく動《うご》いている。

その顔《かお》はやっぱり赤《あか》い。

「れんっ……」

呼《よ》びかけようとして、やめた。

眠《ねむ》れているなら、無理《むり》に起《お》こさない方《ほう》がいい。

枕《まくら》もとには薬《くすり》や体温計《たいおんけい》、体《からだ》を冷《ひ》やすための備品《びひん》が置《お》かれてたけど、誰《だれ》かが看病《かんびょう》している形跡《けいせき》はなかった。

この様子《ようす》じゃ、きっと何《なに》も食《た》べてないはず。

私《わたし》は一度《いちど》離《はな》れに帰《かえ》り、目覚《めざ》めた時《とき》のためにおかゆを作《つく》り、ゼリーやスポーツドリンクを持《も》って、再《ふたた》び蓮夜《れんや》くんの部屋《へや》に向《む》かう。

途中《とちゅう》、廊下《ろうか》で橙弥《とうや》くんにばったり会《あ》った。

「莉桜《りお》ちゃん？　それ、何《なに》？」

私《わたし》が離《はな》れに戻《もど》ってると知《し》っている橙弥《とうや》くんは、こんな時間《じかん》に私《わたし》がここにいることが不《ふ》思議《しぎ》そう。

「えっと……蓮夜《れんや》くんがすごい熱《ねつ》で。それで、必要《ひつよう》なものを持《も》ってきたの」

「そうなの？　……知《し》らなかった。俺《おれ》、兄弟失格《きょうだいしっかく》だな。近《ちか》くにいるのに」

橙弥《とうや》くんはさみしそうに目《め》を伏《ふ》せる。

「そんなことないよっ。それに、こうなったのは私《わたし》のせいだから……」

あの事件《じけん》は、クラスだけにとどまらず校内《こうない》じゅうにあっという間《ま》に知《し》れ渡《わた》った。

もちろん橙弥《とうや》くんの耳《みみ》にも入《はい》っているはず。

「莉桜《りお》ちゃんが気《き》にすることないよ。しかし無茶《むちゃ》なことしたよな。前《まえ》までの蓮夜《れんや》なら考《かんが》えられないよ」

「ほんとに、感謝《かんしゃ》してる……」

「いや、こっちこそありがとう。俺《おれ》らさ、昔《むかし》から熱《ねつ》が出《で》ても親《おや》にそばにいてもらえなくて。メイドさんたちはいてくれたけど、やっぱりさみしかったんだ。だから莉桜《りお》ちゃんがいてくれたら蓮夜《れんや》も安心《あんしん》すると思《おも》う。悪《わる》いけど、頼《たの》むね」

「うん」

私《わたし》なんかで蓮夜《れんや》くんが安心《あんしん》するかは分《わ》からないけど……具合《ぐあい》が悪《わる》いときにひとりだと心細《こころぼそ》いのは誰《だれ》でも同《おな》じだよね。

私《わたし》は荷物《にもつ》を抱《かか》え直《なお》し、蓮夜《れんや》くんのもとへ行《い》った。

すると、さっきとは様子《ようす》が違《ちが》いうなされていた。

「蓮夜《れんや》くんっ！」

今度《こんど》こそ名前《なまえ》を呼《よ》ぶ。触《ふ》れてみると芯《しん》から熱《あつ》かった。

「ああ……莉桜《りお》……」

うつろな目《め》で私《わたし》を呼《よ》ぶ蓮夜《れんや》くんは相当苦《そうとうくる》しそう。

「熱《ねつ》、測《はか》ってみよう」

熱《ねつ》がさらに上《あ》がって眠《ねむ》れなくなっちゃったのかも。

「うそ、三十九度《さんじゅうくど》超《こ》えてる……」

これは大変《たいへん》！

解熱剤《げねつざい》を飲《の》んでもらい、顔《かお》や首《くび》、胸《むな》もとのあたりの汗《あせ》をタオルで拭《ふ》いた。汗《あせ》が冷《ひ》えないように。

「寒《さむ》い……」

それでも蓮夜《れんや》くんは布団《ふとん》を首《くび》もとまで引《ひ》き上《あ》げて、体《からだ》を丸《まる》めた。

熱《ねつ》が高《たか》いときって寒《さむ》いよね。

「布団《ふとん》ほかにある？」

「……わかんねえ」

クローゼットを開《あ》けてみてもそれらしきものはなく、

「蓮夜《れんや》くん、ごめん……っ」

私《わたし》は蓮夜《れんや》くんのとなりに横《よこ》たわった。

人《ひと》の体温《たいおん》が一番《いちばん》あったかいと思《おも》ったんだ。

私《わたし》は布団《ふとん》の上《うえ》から蓮夜《れんや》くんの体《からだ》をぎゅっと抱《だ》きしめて、背中《せなか》をさすった。

蓮夜《れんや》くんは、ただ目《め》を閉《と》じて呼吸《こきゅう》をくり

返《かえ》す。

やがて眠《ねむ》りに落《お》ちたようで、静《しず》かな呼吸《こきゅう》に変《か》わっていった。

「もう大丈夫《だいじょうぶ》かな……」

ほっと息《いき》を吐《は》いて真《ま》っ白《しろ》な天井《てんじょう》を見上《みあ》げると、小《ちい》さいころを思《おも》い出《だ》した。

熱《ねつ》が出《で》ても、お母《かあ》さんが仕事《しごと》を休《やす》めるわけじゃなくて、とても心細《こころぼそ》かった。

そういう時《とき》は、白《しろ》い天井《てんじょう》に絵《え》の具《ぐ》で楽《たの》しい絵《え》を描《か》いたイメージを頭《あたま》の中《なか》で広《ひろ》げてたっけ。

熱《ねつ》があるときって、普段考《ふだんかんが》えないようなことが頭《あたま》に浮《う》かんで、いつもそうして過《す》ごしていた。

私《わたし》は、お母《かあ》さんが帰《かえ》ってくれば看病《かんびょう》してくれたけど。

蓮夜《れんや》くんは、どうしていたんだろう……。

橙弥《とうや》くんの言《い》うように、さみしかったよね……。

そんなことを考《かんが》えていたら、だんだん頭《あたま》がぼーっとして、私《わたし》はいつの間《ま》にか目《め》を閉《と》じていたみたい。

「……お、莉桜《りお》……」

気《き》がついたら、蓮夜《れんや》くんに呼《よ》ばれていた。しかもその顔《かお》は、私《わたし》の真横《まよこ》にあって。

一瞬《いっしゅん》、自分《じぶん》がどこにいるのかわからなかった。

「わっ！」

そうだ、蓮夜《れんや》くんをあっためて横《よこ》になっていたら、私《わたし》まで寝《ね》ちゃった！

「ごめん！　つい！」

なんてことを！

あわててベッドから降《ふ》りて、蓮夜《れんや》くんのおでこに手《て》をあてると、さっきより熱《ねつ》は引《ひ》いていた。

「薬《くすり》が効《き》いたみたい。よかった。少《すこ》しは楽《らく》になった？」

真《ま》っ赤《か》だった顔色《かおいろ》も、だいぶ落《お》ち着《つ》いている。

「ああ……。ずっといてくれたんだ……」

私《わたし》を見《み》つめる細《ほそ》い目《め》は、いつになく優《やさ》しかった。

「熱《ねつ》があるときはいつも悪夢《あくむ》を見《み》るけど、今日《きょう》は平気《へいき》だった。莉桜《りお》がいてくれたからかもな」

「蓮夜《れんや》くん……」

そんなこと言《い》われたら、ドキドキしちゃうよ。

「莉桜《りお》も疲《つか》れてるのに悪《わる》い……」

「ううんっ、全然《ぜんぜん》っ。私《わたし》の方《ほう》こそごめん。水《みず》かぶらせちゃったし、そのあとも色々《いろいろ》忙《いそが》しかったもんね。体調崩《たいちょうくず》して当然《とうぜん》だよ」

そのあと、おかゆを温《あたた》めなおして食《た》べてもらった。

あとは、ゆっくり静養《せいよう》していれば大丈夫《だいじょうぶ》かな。

水《みず》を飲《の》んだコップを受《う》け取《と》ろうとしたら、ふいに、手《て》をにぎられた。

「もう少《すこ》しだけ、そばにいて……」

どくんっ……。

「うん、いるよ」

再《ふたた》び静《しず》かにまぶたを閉《と》じる蓮夜《れんや》くんを見《み》ながら、はっきり自分《じぶん》の気持《きも》ちに気《き》づいた。

私《わたし》、蓮夜《れんや》くんのことが好《す》きなんだ——。

この恋《こい》は叶《かな》わない

その日《ひ》の深夜《しんや》、私《わたし》は自分《じぶん》の家《いえ》に戻《もど》った。

あのあと、また蓮夜《れんや》くんが眠《ねむ》りについたのを見届《みとど》けて部屋《へや》を出《で》てきたんだ。

「おかえりなさい」

おかゆの食器《しょっき》を洗《あら》っていると、寝《ね》ていると思《おも》ったお母《かあ》さんが寝室《しんしつ》から顔《かお》を出《だ》す。

「あ、起《お》こしちゃった？」

「ううん。まだ眠《ねむ》れてなかったから」

「そっか」

直後《ちょくご》、お母《かあ》さんからかけられたのは、思《おも》いもよらない言葉《ことば》だった。

「蓮夜《れんや》さんのこと、好《す》きなの？」

「……っ」

手《て》がすべって食器《しょっき》を落《お》としそうになる。

えと、その……。

目《め》の前《まえ》の蛇口《じゃぐち》からは、水《みず》がジャージャー出続《でつづ》けている。
動揺《どうよう》しすぎて、水《みず》を止《と》めることも忘《わす》れて固《かた》まっちゃったんだ。
……なんでもお母《かあ》さんにはお見通《みとお》しなんだね。
横《よこ》から手《て》を伸《の》ばして、きゅっと蛇口《じゃぐち》をしめてくれるお母《かあ》さん。
「鮫嶋家《さめじまけ》のご子息《しそく》を好《す》きになっても、莉桜《りお》が傷《きず》つくだけよ」
……っ。
そう……だよね。この恋《こい》は、絶対《ぜったい》に叶《かな》わない。
雇《やと》い主《ぬし》と使用人《しようにん》の子《こ》どもが恋《こい》に落《お》ちるなんてありえない。
「……うん。わかってるよ」
なのに、何《なに》を勘違《かんちが》いしていたんだろう。
蓮夜《れんや》くんは、本来《ほんらい》であれば出会《であ》うことすらなかった人《ひと》。
今《いま》の状況《じょうきょう》は、アクシデントみたいなもので。そんな私《わたし》が身《み》の程知《ほどし》らずもいいところ。
蓮夜《れんや》くんを好《す》きだなんて気持《きも》ちを抱《いだ》く自分《じぶん》が、急《きゅう》に恥《は》ずかしくなった。

蓮夜《れんや》くんの熱《ねつ》も下《さ》がり、二日間《ふつかかん》学校《がっこう》を休《やす》んだらすっかり回復《かいふく》した。

元気《げんき》になった蓮夜《れんや》くんの部屋《へや》に洗濯物《せんたくもの》を持《も》って行《い》く。

いつものように淡々《たんたん》と仕事《しごと》をこなし、部屋《へや》を出《で》ようとしたら。

「莉桜《りお》、待《ま》って」

引《ひ》きとめられた。

「礼《れい》をさせてほしい。なにかしてほしいこととかあるか？」

「お礼《れい》なんていいよっ。もともとは私《わたし》のせいなんだから」

お礼《れい》の言葉《ことば》は何度《なんど》も言《い》われたし。

そのまま部屋《へや》を出《で》て行《い》こうとしたら、ふいに手《て》を引《ひ》かれ私《わたし》の体《からだ》は１８０度《ど》反転《はんてん》する。

――え、なに……？

なぜか、私《わたし》は蓮夜《れんや》くんの胸《むね》の中《なか》にいた。

蓮夜《れんや》くんは私《わたし》を閉《と》じ込《こ》めたまま動《うご》かず、何《なに》も言《い》わない。

「れ、蓮夜《れんや》くん……？」

どうしたの……。

私《わたし》は驚《おどろ》きに目《め》を見開《みひら》き、そこから抜《ぬ》け出《だ》すこともできずただ固《かた》まる。激《はげ》しく打《う》ち鳴《な》らす胸《むね》を抱《かか》えたまま。

ダメなのに、もう少《すこ》しこのままでいたいとか、色《いろ》んな気持《きも》ちがごちゃ混《ま》ぜになって……。

……もう、限界《げんかい》。

「なにやってるの……っ」

私《わたし》から茶化《ちゃか》して、そこから抜《ぬ》け出《だ》した。

眉《まゆ》を寄《よ》せながら私《わたし》をジッと見《み》つめる蓮夜《れんや》くんはなにも言《い》わない。

「じゃ、じゃあ……」

ドキドキが静《しず》まらないまま、私《わたし》は蓮夜《れんや》くんの部屋《へや》を出《で》た。

うちに帰《かえ》るとそのまま自分《じぶん》の部屋《へや》にかけ込《こ》み、ドアに背《せ》をつけずるずるとしゃがみこむ。

お母《かあ》さんに聞《き》こえないように声《こえ》を殺《ころ》して泣《な》いた。

自分《じぶん》でも、気《き》づいてなかった。

私《わたし》、こんなにも蓮夜《れんや》くんのことが好《す》きだったんだ――。


翌朝《よくあさ》。ちょっぴり目《め》が腫《は》れていた。

普段《ふだん》泣《な》かない私《わたし》が泣《な》いたりするからだ。

心配《しんぱい》されたら困《こま》るから、学校《がっこう》につく寸前《すんぜん》までずっと保冷剤《ほれいざい》で目《め》を冷《ひ》やしていた。

蓮夜《れんや》くんと顔《かお》を合《あ》わせづらいな……そう思《おも》いながら教室《きょうしつ》に入《はい》ると、

「おはよう、莉桜《りお》ちゃん」

いつもかわいく声《こえ》をかけてくれるくるみちゃんの顔《かお》が、ちょっと緊張気味《きんちょうぎみ》に見《み》えた。

「どうしたの？」

腫《は》れた目《め》のことも忘《わす》れて、私《わたし》まで緊張《きんちょう》してくる。

「実《み》はね……ペアが決《き》まったの」

「えっ、ほんと⁉」

思《おも》わぬ報告《ほうこく》に、一気《いっき》にテンションが上《あ》がる。いい話《はなし》でよかった〜。

くるみちゃんはかわいいから、誰《だれ》かに声《こえ》をかけられると思《おも》ってたんだ！

「月組《つきぐみ》の白鳥《しらとり》くん。去年同《きょねんおな》じクラスで少《すこ》し仲《なか》がよかったんだけど、声《こえ》かけてくれて……」

くるみちゃんの頬《ほお》はほんのり赤《あか》い。

もしかして……。

「くるみちゃん、白鳥《しらとり》くんのこと好《す》きなの？」

こそっと聞《き》くと、もう耳《みみ》まで真《ま》っ赤《か》になって顔《かお》を両手《りょうて》でおおうくるみちゃん。

やっぱり！

今《いま》までそういう話《はなし》を聞《き》いたことはなかったけど、くるみちゃんにも好《す》きな人《ひと》がいたんだ！

「まさか……白鳥《しらとり》くんが誘《さそ》ってくれるとは夢《ゆめ》にも思《おも》ってなくて……。びっくりしたけど、嬉《うれ》しかった」

「え〜、よかったね！　くるみちゃん！」

私《わたし》はくるみちゃんの手《て》を取《と》って、ぴょんぴょん飛《と》びはねた。

友達《ともだち》の幸《しあわ》せってほんとにうれしい！

これ、このままつき合《あ》っちゃったりもある⁉

ペア同士《どうし》がそのままカップルになることも多《おお》いみたい。

何《なに》かと一緒《いっしょ》にいる時間《じかん》が多《おお》いから、お互《たが》いの距離《きょり》がちぢまって本当《ほんとう》の恋《こい》に発展《はってん》しやすいんだって。くるみちゃんと白鳥《しらとり》くんもそうなったらいいな〜なんてのんきに思《おも》っていたら。

「莉桜《りお》ちゃんは？　誰《だれ》か組《く》みたい人《ひと》っている？」

「えっ」

一瞬《いっしゅん》、蓮夜《れんや》くんが頭《あたま》に浮《う》かんで……打《う》ち消《け》した。

「私《わたし》は全然《ぜんぜん》。先生《せんせい》が決《き》めてくれる人《ひと》でいいよっ」

この間《あいだ》みんなに言《い》ったのと同《おな》じことを言《い》う。

「え〜。莉桜《りお》ちゃんには皇帝《こうてい》がぴったりだと思《おも》うんだけど」

「や、やだな〜。私《わたし》となんて組《く》んでもいいことないない」

顔《かお》の前《まえ》で手《て》を振《ふ》りながら、あははと笑《わら》う。

「そお……？　でもいまだに大財閥《だいざいばつ》の御曹司《おんぞうし》の誰《だれ》ひとりペアが決《き》まってないって女子《じょし》がざ

わついてるの。だから、まだ自分《じぶん》にもチャンスがあるかもって、なかなか相手《あいて》を決《き》められない子《こ》も多《おお》いみたいで」

「へえ、そうなんだ……」

「まさか彼《かれ》らが先生《せんせい》に決《き》めてもらうわけないもんね。入学《にゅうがく》したときから話題《わだい》だったから、私《わたし》も気《き》になってるんだ」

くるみちゃんの視線《しせん》の先《さき》には、女《おんな》の子《こ》に囲《かこ》まれて今日《きょう》もヘラヘラしている渚《なぎさ》くん。

渚《なぎさ》くんも葵《あおい》くんも冗談言《じょうだんい》ってないで、真面目《まじめ》に相手《あいて》を決《き》めればいいのに。

その延長上《えんちょうじょう》、蓮夜《れんや》くんのクールな横顔《よこがお》が目《め》に入《はい》る。

蓮夜《れんや》くんは、誰《だれ》を選《えら》ぶんだろう……。

その子《こ》と距離《きょり》をちぢめて……恋愛《れんあい》したりするの……？

そう考《かんが》えたら、胸《むね》がチクチク痛《いた》んだ。

ふたりきりの遊園地《ゆうえんち》

今日《きょう》一日《いちにち》、くるみちゃんの報告《ほうこく》でテンションがずっと上《あ》がっていた。

目《め》の腫《は》れの心配《しんぱい》も吹《ふ》っ飛《と》ぶくらい。

帰《かえ》りの車《くるま》に乗《の》り込《こ》んだ私《わたし》は、まだその余韻《よいん》に浸《ひた》っていた。

昼休《ひるやす》みにランチルームではじめて白鳥《しらとり》くんを見《み》たけど、爽《さわ》やかで優《やさ》しい印象《いんしょう》だった。

社員千人《しゃいんせんにん》を抱《かか》える大企業《だいきぎょう》の社長《しゃちょう》さんの息子《むすこ》みたい。

これはきっとつき合《あ》うで決定《けってい》だよね！と、ニヤニヤしながら車窓《しゃそう》に目《め》を向《む》けて、

「ん？」

思《おも》わず身《み》を乗《の》り出《だ》した。

だって、車窓《しゃそう》の風景《ふうけい》が全然《ぜんぜん》知《し》らないものだったんだもん。

学校《がっこう》から鮫嶋邸《さめじまてい》へのルートはいつも決《き》まっている。お母《かあ》さんの病院《びょういん》へ行《い》くこともあったけど、今《いま》ではそれもないわけだし……。

「あ、あの……」

運転手《うんてんしゅ》さんに声《こえ》をかけると、ルームミラー越《ご》しに目《め》が合《あ》った。

私《わたし》の戸惑《とまど》いに気《き》づいたのか、にっこり笑《わら》って言《い》う。

「ご心配《しんぱい》なさらずに、莉桜《りお》さんをお連《つ》れするよう言《い》われているところがありますので」

「誰《だれ》に、ですか……？」

「蓮夜《れんや》さまです」

胸《むね》がドクンッと跳《は》ねた。

蓮夜《れんや》くん、そんなこと一言《ひとこと》も言《い》ってなかった。

たぶん、私《わたし》より先《さき》に学校《がっこう》を出《で》たはずだけど。一体《いったい》、どこへ連《つ》れていかれるの？

目的地《もくてきち》に着《つ》くまで、私《わたし》はずっと落《お》ち着《つ》かなかった。


車《くるま》が止《と》まったころには、あたりはかなり薄暗《うすぐら》くなっていた。もう十月下旬《じゅうがつげじゅん》だから日《ひ》が落《お》ちるのが早《はや》いんだ。

「ここは……」

だけどその一帯《いったい》だけ、きらびやかなネオンがかがやいていた。

ここってもしかして……。

日本《にほん》でも有名《ゆうめい》なテーマパーク、レインボーランドじゃない⁉

運転手《うんてんしゅ》さんに降《お》りるよううながされ、一歩《いっぽ》踏《ふ》み出《だ》せばもう夢《ゆめ》の国《くに》。

「わあ……」

すごい、すごいよ！

テレビでは何度《なんど》も見《み》たことがあるけど、来《き》たことはない。

これは夢《ゆめ》……？　ぽーっとしながら目《め》の前《まえ》のゲートを見《み》つめていると、

「莉桜《りお》」

そのキラキラのネオンを背《せ》に誰《だれ》かが歩《ある》いてきた。

近《ちか》くまで来《く》ると輪郭《りんかく》がはっきりして、それが蓮夜《れんや》くんだとわかる。

「ごめん、勝手《かって》なことして」

「れ、蓮夜《れんや》くんっ……」

「この間《あいだ》のお礼《れい》。莉桜《りお》が拒否《きょひ》るから、強硬手段《きょうこうしゅだん》に出《で》てみた」

少《すこ》しいたずらっぽく言《い》った蓮夜《れんや》くんは、目《め》を細《ほそ》めて笑《わら》う。

だけど私《わたし》はまだ戸惑《とまど》いを隠《かく》せない。

だからって、こんなすごいところに連《つ》れてきてくれる？

「こんなんでお礼《れい》になるかわからないけど、これしか思《おも》いつかなくて。この時間《じかん》から貸《か》し切《き》りにしたから、好《す》きなだけ遊《あそ》んで」

「か、貸《か》し切《き》りっ!?」

「ここは、鮫嶋《さめじま》グループが経営《けいえい》してるんだ」

「ええっ、そうだったの？　……あ、ごめん、知《し》らなくて」

知《し》らないことが失礼《しつれい》かと思《おも》い謝《あやま》ると、蓮夜《れんや》くんは笑《わら》った。

「私《わたし》、ここ初《はじ》めてで……嬉《うれ》しい……」

その相手《あいて》が蓮夜《れんや》くんってことも。

「行《い》こう」

蓮夜《れんや》くんが手《て》を伸《の》ばしてきた。

キラキラな光《ひかり》をバックに浴《あ》びた蓮夜《れんや》くんは、本物《ほんもの》の王子《おうじ》さまみたいで。

『鮫嶋家《さめじまけ》のご子息《しそく》を好《す》きになっても、莉桜《りお》が傷《きず》つくだけよ』

お母《かあ》さんの言葉《ことば》は、今《いま》だけは忘《わす》れよう。

お母《かあ》さんごめんね、と心《こころ》の中《なか》で謝《あやま》って、私《わたし》はその手《て》を取《と》った。

「きゃ――――っ！」

最初《さいしょ》に乗《の》ったのはジェットコースター。私《わたし》、スリル系《けい》が大好《だいす》きなんだ。

足《あし》が宙《ちゅう》にブラブラするタイプのもので、初《はじ》めての恐怖《きょうふ》を味《あじ》わった。

でも終《お》わった後《あと》には楽《たの》しさのほうが勝《か》って、そのまま連続《れんぞく》して二回目《にかいめ》にチャレンジ。

「莉桜《りお》、肝《きも》がすわりすぎ」

「意外《いがい》でしょ？」

「いや、そのまんま」

「ええっ？　うそでしょ？」

「自覚《じかく》ナシかよ。ははは」

私《わたし》たちは、貸《か》し切《き》りの園内《えんない》を片《かた》っ端《ぱし》から楽《たの》しんだ。

コーヒーカップでは、蓮夜《れんや》くんをフラフラにしようと目論《もくろ》んで、ハンドルをぐるぐる回《まわ》しまくったけど、

「まだまだ足《た》りねえよ！」

蓮夜《れんや》くんの方《ほう》が気合《きあ》いを入《い》れてぐるぐる回《まわ》してまるで小学生《しょうがくせい》みたい。って私《わたし》もか！

さては、蓮夜《れんや》くんも同《おな》じことを考《かんが》えてるのかも。

そうはいかないもんね。

「私《わたし》だって！」

結局《けっきょく》どっちもゆずらず。

ふたりとも強《つよ》すぎて、降《お》りたら顔《かお》を見合《みあ》わせて笑《わら》いあった。

「……っと」

そのとき、足《あし》もとがふらついてしまった。

「大丈夫《だいじょうぶ》か？」

受《う》け止《と》めてくれたのは、蓮夜《れんや》くんの腕《うで》。

思《おも》わぬ形《かたち》で蓮夜《れんや》くんの胸《むね》に飛《と》び込《こ》んじゃって、ドキッとする。

顔《かお》を上《あ》げると、心配《しんぱい》そうな蓮夜《れんや》くんの顔《かお》が目《め》の前《まえ》にあって、

「休憩《きゅうけい》するか」

「う、うん」

近《ちか》くにあったベンチに座《すわ》った。

見上《みあ》げると、空《そら》にはきれいな星《ほし》がたくさん出《で》ていた。

「はい、莉桜《りお》」

「ありがとう」

目《め》の前《まえ》の自販《じはん》で蓮夜《れんや》くんが飲《の》み物《もの》を買《か》ってきてくれたんだ。……優《やさ》しいな。

私《わたし》はキャップを開《あ》けるとすぐにゴクゴクと喉《のど》に流《なが》し込《こ》んだ。

「は～～」

生《い》き返《かえ》る～。

叫《さけ》びすぎたから、喉《のど》がカラカラだったんだ。

飲《の》みながら視線《しせん》を感《かん》じて隣《となり》を見《み》れば、蓮夜《れんや》くんにジッと見《み》られていた。

思《おも》わずうっ、と中身《なかみ》がこぼれそうになって手《て》をあてる。

「ははははっ」

「な、なんかおかしかった？」

「いやいやいいの。そういうの、莉桜《りお》らしいなあって」

こんな豪快《ごうかい》に飲《の》んじゃって恥《は》ずかしいっ。

蓮夜《れんや》くんに、セレブとしてのふるまいを指導《しどう》してもらってたのに……。

「ううっ……全然《ぜんぜん》なってなくてごめん……」

「なんで謝《あやま》んの？　褒《ほ》めてんだよ。俺《おれ》さ……自分《じぶん》の素《す》ってなんなのか今《いま》までよくわからなかった」

「え？」

突然《とつぜん》、蓮夜《れんや》くんが語《かた》りだした。

「生《う》まれた時《とき》からこういう環境《かんきょう》にいて、自分《じぶん》の好《す》きとかやりたいこととか、あんまり考《かんが》えたことなくて。逆《ぎゃく》に橙弥《とうや》は小《ちい》さいころから自然《しぜん》が好《す》きで、こういう世界《せかい》に向《む》いてないのは気《き》づいてた。だからこそ、俺《おれ》が鮫嶋家《さめじまけ》の跡目《あとめ》としてしっかりしないとって。そしたら、俺《おれ》の好《す》きなものってなに？俺《おれ》ってどんなヤツ？ってどんどんわかんなくなってた」

当時《とうじ》を思《おも》い出《だ》しているのか、上《うえ》を向《む》いて小《ちい》さく笑《わら》う。

「おかしいだろ。自分《じぶん》のことなのに、自分《じぶん》のことがまったくわかんねえの」

蓮夜《れんや》くんの気持《きも》ちがわかりすぎて、私《わたし》は口《くち》をぎゅっと結《むす》んだまま首《くび》を横《よこ》に振《ふ》ることしかできない。

仲《なか》がよくないのかなって思《おも》ったこともあったけど、やっぱり蓮夜《れんや》くんは橙弥《とうや》くんのことをちゃんとわかって、しっかり考《かんが》えていたんだ。

「最初《さいしょ》は、莉桜《りお》にカルチャーショックを受《う》けたのは事実《じじつ》。今《いま》まで、俺《おれ》に媚《こ》びる女子《じょし》しか知《し》らなかったし。でも、自分《じぶん》の感情《かんじょう》のままに生《い》きてる莉桜《りお》を見《み》てたら、なんだかすごくうらやましくなって。そして、いいなって。だから俺《おれ》、莉桜《りお》に会《あ》って変《か》わった気《き》がする。気《き》づいたら自然《しぜん》に笑《わら》ってるし、今《いま》まで知《し》らなかった自分《じぶん》が知《し》れたみたいで」

……素直《すなお》に嬉《うれ》しかった。

負《ま》けないように私《わたし》なりにがんばってきたこの生《い》き方《かた》を、認《みと》めてもらえた気《き》がして。

「だから、あのとき……莉桜《りお》が水《みず》をかけられそうになったとき、俺《おれ》、とっさに体《からだ》が動《うご》いてた。後先《あとさき》のこととか考《かんが》えずに、ただ心《こころ》の思《おも》うままに行動《こうどう》してた、あんなの初《はじ》めてだった」

口《くち》をゆるめる仕草《しぐさ》は、そんな自分《じぶん》が誇《ほこ》らしいとでもいうように。

「だから、莉桜《りお》はそのまんまでいいんだよ」

蓮夜《れんや》くんはそう言《い》って、私《わたし》の頭《あたま》の上《うえ》にポンと手《て》をのせた。

「う、うんっ……ありがとう……？」

ほんとにいいのかな。

でも、蓮夜《れんや》くんがそう言《い》ってくれるならちょっと自信《じしん》が持《も》てた。

「最後《さいご》に、あれ乗《の》らないか？」

蓮夜《れんや》くんが指《ゆび》さした方向《ほうこう》に顔《かお》を向《む》ければ。

それは観覧車《かんらんしゃ》。夜《よる》の空《そら》に七色《なないろ》の光《ひかり》を放《はな》つ、このパークの象徴《しょうちょう》。

「うん、そうしよう！」

私《わたし》も乗《の》りたいと思《おも》っていたんだ。

観覧車《かんらんしゃ》乗《の》り場《ば》まで歩《ある》いていき、赤《あか》いネオンが輝《かがや》くゴンドラに乗《の》り込《こ》む。

ドアが閉《し》まると完全《かんぜん》に外《そと》の世界《せかい》とシャットアウトされ、ふたりきりの空間《くうかん》。

狭《せま》い密室《みっしつ》だと思《おも》うと、なんだかドキドキする……。

蓮夜《れんや》くんと向《む》かい合《あ》わせ。膝《ひざ》と膝《ひざ》がぶつかりそうになって、またドキドキ。

「すげえ夜景《やけい》……」

緊張《きんちょう》を解《と》いてくれたのは、そんな蓮夜《れんや》くんの言葉《ことば》。

上昇《じょうしょう》し始《はじ》めたゴンドラは、この街《まち》の夜景《やけい》をきれいに映《うつ》し出《だ》す。

「うわ～きれい……」

さっきは空《そら》の星《ほし》がきれいだと思《おも》っていたけど、地上《ちじょう》にもこんなきれいな光《ひかり》が瞬《またた》いているんだ……。そんな小《ちい》さな気《き》づきに感動《かんどう》。

そうだ！

「あの部屋《へや》とか……蓮夜《れんや》くんが色々用意《いろいろようい》してくれたんだってね……これも、ありがとう」

爪《つめ》を見《み》せると、蓮夜《れんや》くんはちょっと照《て》れくさそうに笑《わら》った。

「なんだよ、バレてたのか」

「すごく嬉《うれ》しかったよ」

「……なら、いいけど。あ、一緒《いっしょ》に写真《しゃしん》撮《と》ろうぜ」

ごく自然《しぜん》に私《わたし》の隣《となり》に移動《いどう》してきて、自分《じぶん》のスマホを顔《かお》の前《まえ》に掲《かか》げる蓮夜《れんや》くん。

「送《おく》りたいからＩＤ交換《こうかん》して」

「う、うん……」

そして、ごく自然《しぜん》に私《わたし》たちはＩＤを交換《こうかん》した。蓮夜《れんや》くんのアイコンが、私《わたし》のメッセージアプリに登録《とうろく》される。

するとすぐに今《いま》撮《と》った写真《しゃしん》が送《おく》られてきた。

顔《かお》を寄《よ》せ合《あ》って、きれいな夜景《やけい》を背景《はいけい》に収《おさ》まる私《わたし》たち。

やったあ、蓮夜《れんや》くんとのツーショットだ！　これ、あとで保存《ほぞん》しよう。

ゴンドラはそろそろ真上《まうえ》に差《さ》し掛《か》かって、ワクワクも最高潮《さいこうちょう》。

しっかりこの景色《けしき》を目《め》に焼《や》きつけようと思《おも》っていると――。

「なあ莉桜《りお》」

「ん？　なに？」

ふいうちな問《と》いかけに横《よこ》を向《む》けば、とても真剣《しんけん》な蓮夜《れんや》くんの瞳《ひとみ》。

――ドキッ。

「俺《おれ》と、ペアを組《く》んでほしい」

直後《ちょくご》そんなことを言《い》われ、私《わたし》は完全《かんぜん》に思考《しこう》が停止《ていし》してしまった。

えっ……ペアって……。

れ、蓮夜《れんや》くんまでなに言《い》ってるの……。

冗談《じょうだん》かと思《おも》ったけど、その声《こえ》とその顔《かお》かららはそんな風《ふう》に見《み》えなくて。

「ど、どうして？」

ドキドキとうるさい心臓《しんぞう》の音《おと》。

私《わたし》が本気《ほんき》でペアの誘《さそ》いをうけるとは思《おも》わ

なかった。

葵《あおい》くんたちは口止《くちど》めだったわけで……。

「今《いま》では、組《く》みたい人《ひと》もいないしなるようになればいいと思《おも》ってた。でも今《いま》は、組《く》みたいと思《おも》える人《ひと》ができた。それが莉桜《りお》だよ」

「……っ」

うれしい……。心《こころ》の底《そこ》から嬉《うれ》しかった。

だけど……その申《もう》し出《で》を受《う》けるわけにはいかないよ。

このペア決《ぎ》めは、家《いえ》と家《いえ》との大事《だいじ》なつながりを意味《いみ》すると知《し》ってるから。

蓮夜《れんや》くんほどの人《ひと》が、私《わたし》とペアを組《く》んじゃいけない。

「ご、ごめん……。私《わたし》は……蓮夜《れんや》くんとは組《く》めない……」

心《こころ》の想《おも》いとは真逆《まぎゃく》を口《くち》にして、私《わたし》は顔《かお》を背《そむ》けた。

ゴンドラはゆっくり下降《かこう》を続《つづ》ける。

きれいな景色《けしき》が、涙《なみだ》でにじんだ。

バレちゃった素性《すじょう》

その翌日《よくじつ》から、蓮夜《れんや》くんは旦那《だんな》さまのお仕事《しごと》の付《つ》き添《そ》いで海外《かいがい》へ行《い》ってしまった。
宮帝学園《きゅうていがくえん》ではめずらしくないことらしい。
しばらく蓮夜《れんや》くんに会《あ》えないのはさみしいけど、今《いま》はちょっと気《き》まずいし……。
ペアを断《ことわ》ったあと、蓮夜《れんや》くんは「そっか」と言《い》っただけだった。
蓮夜《れんや》くんが帰《かえ》ってきたら、きっといつもみたいにふるまえるはず。
そんなある朝《あさ》、教室《きょうしつ》へ入《はい》ると違和感《いわかん》を覚《おぼ》えた。
みんなが私《わたし》をジロジロ見《み》てくるし、明《あき》らかに態度《たいど》が変《へん》。
なんだろう……。
首《くび》をかしげながら自分《じぶん》の席《せき》につくと、百合園《ゆりぞの》さんが声《こえ》をあげた。
「ねえ、このクラスに使用人《しようにん》の娘《むすめ》がまぎれ混《こ》んでるらしいじゃないの」
心臓《しんぞう》が止《と》まるかと思《おも》った。
……どうして、それ。

さーっと血《ち》の気《け》が引《ひ》いた顔《かお》をあげると、クラス全員《ぜんいん》が私《わたし》を見《み》ていた。

針《はり》のように突《つ》き刺《さ》さる視線《しせん》。

「よくもだましてくれたわよね」

その筆頭《ひっとう》は百合園《ゆりぞの》さんで、腕組《うでぐ》みをしながら私《わたし》の前《まえ》に立《た》つ。

「え……」

「うちの優秀《ゆうしゅう》な人間《にんげん》に調《しら》べさせたら、おもしろい写真《しゃしん》が撮《と》れたのよ」

差《さ》し出《だ》されたのは、私《わたし》が鮫嶋邸《さめじまてい》の離《はな》れの家《いえ》に入《はい》るところを収《おさ》めた写真《しゃしん》。

何枚《なんまい》も同《おな》じような写真《しゃしん》があり、写《うつ》っているのは完全《かんぜん》に私《わたし》。

どうしてこんなものが……！

「これあなたよね。どういうことかしら」

それを取《と》る私《わたし》の手《て》は、かすかに震《ふる》える。

こんな証拠《しょうこ》を出《だ》されたらもう言《い》い訳《わけ》できない。

「貧乏人《びんぼうにん》が宮帝《きゅうてい》の制服《せいふく》を着《き》て入《はい》り込《こ》んでいたなんて、おそろしいっ」

百合園《ゆりぞの》さんはクラス全体《ぜんたい》に向《む》けて言《い》い、大《おお》げさに身《み》を震《ふる》わせた。

「ほんと怖《こわ》いわ」

「みんな、盗《ぬす》まれたものがないか調《しら》べたほうがいいんじゃない？」

取《と》り巻《ま》きの子《こ》たちが口々《くちぐち》に言《い》えば、他《ほか》の子《こ》たちも眉《まゆ》をひそめて私《わたし》を見《み》る。

「莉《り》桜《お》……ちゃん……」

そんな中《なか》、くるみちゃんは声《こえ》を掛《か》けてくれるけど明《あき》らかに困惑《こんわく》した声《こえ》。

……当然《とうぜん》だよね。

どんな顔《かお》をしてくるみちゃんを見《み》ていいかわからなくて、私《わたし》は目《め》をそらした。

黒板《こくばん》には、蓮夜《れんや》くんの欠席《けっせき》の予定《よてい》が記《しる》されている。戻《もど》ってくるのは四日後《よっかご》の予定《よてい》。

……いなくてよかった。

蓮夜《れんや》くんがいたら、私《わたし》をかばうのが想像《そうぞう》できたから。

「朝《あさ》からうるせえな～」

椅子《いす》にふんぞり返《かえ》りながら足《あし》を組《く》む渚《なぎさ》くんは、耳《みみ》に手《て》をあてて百合園《ゆりぞの》さんをうらめしそうに見《み》ていた。

「渚《なぎさ》さまっ、驚《おどろ》かないんですか？　これは非常事態《ひじょうじたい》なんですよっ！」

「どんな子《こ》がいたっていーじゃん。今《いま》はそーゆー時代《じだい》だろ？」

「それとこれとは話《はなし》が別《べつ》です！　ここは由緒《ゆいしょ》ある宮帝学園《きゅうていがくえん》ですよ！　まさか川西《かわにし》さんだ

から甘《あま》いこと言《い》ってるんですか？　他《ほか》にこんな人《ひと》がいたら許《ゆる》せますか？」

鉄砲玉《てっぽうだま》のようにまくしたてる彼女《かのじょ》に、渚《なぎさ》くんは耳《みみ》に手《て》を当《あ》てたまま大《おお》げさに眉《まゆ》を上《あ》げた。

もう弁解《べんかい》の余地《よち》はない。私《わたし》が悪《わる》いのは明白《めいはく》だ。

私《わたし》は今《いま》置《お》いたばかりの鞄《かばん》を手《て》に取《と》ると、教室《きょうしつ》を飛《と》び出《だ》した。


……行《い》くあてなんかない。

宮帝《きゅうてい》の制服《せいふく》を着《き》てこんな時間《じかん》にフラフラしていたら、補導《ほどう》されるに決《き》まってる。

仕方《しかた》なく体調《たいちょう》が悪《わる》くて早退《そうたい》したことにして、鮫嶋邸《さめじまてい》の敷地《しきち》へ入《い》れてもらった。

私《わたし》の足《あし》は、自然《しぜん》と建物《たてもの》とは逆《ぎゃく》へ向《む》いていた。

緑《みどり》あふれる広大《こうだい》な庭《にわ》。真《ま》っ先《さき》にここが浮《う》かんだんだ。

ただぐるぐる歩《ある》いて、植物《しょくぶつ》や動物《どうぶつ》と触《ふ》れ合《あ》った。

橙弥《とうや》くんの言《い》ったとおり、ここに来《く》ると現実《げんじつ》を忘《わす》れられる……。

牧場《ぼくじょう》に行《い》き、マロンにエサを見《み》せると嬉《うれ》しそうに近寄《ちかよ》ってきてくれた。

「わああ、そんなに急《いそ》がなくても誰《だれ》も取《と》らないよ～」

何度《なんど》か乗馬《じょうば》を体験《たいけん》し、マロンとはすっかり仲《なか》よし。

……私《わたし》が乗馬《じょうば》なんて、笑《わら》っちゃうよね。

そんな資格《しかく》ないくせに、私《わたし》が一番勘違《いちばんかんちが》いしてたのかも。

むしゃむしゃエサを食《た》べるマロンを見《み》つめながら、なんだかむなしくなっていたとき。

「——見《み》つけた」

やわらかな声《こえ》に振《ふ》り向《む》けば、橙弥《とうや》くん。

「え、どうして……」

「学校《がっこう》がすごい騒《さわ》ぎになってて、心配《しんぱい》で」

額《ひたい》に浮《う》かぶ汗《あせ》を見《み》て、探《さが》し回《まわ》ってくれたんだとわかる。

胸《むね》がじわっと熱《あつ》くなった。こういうときほど、人《ひと》の優《やさ》しさに勝《まさ》るものはない。

「……ごめんなさい。鮫嶋家《さめじまけ》にも迷惑《めいわく》をかけちゃって」

「そんなのどうだっていい。もともとはうちの責任《せきにん》なんだし謝《あやま》るのはこっちのほう」

「ううん」

「俺《おれ》に何《なに》かできることはない？　俺《おれ》は莉桜《りお》ちゃんに救《すく》われた。俺《おれ》のこと肯定《こうてい》してくれたのは莉桜《りお》ちゃんが初《はじ》めてだった。だから、今度《こんど》は俺《おれ》が莉桜《りお》ちゃんの力《ちから》になりたい」

力強《ちからづよ》い言葉《ことば》は、まっすぐ私《わたし》の心《こころ》に刺《さ》さった。

今《いま》の私《わたし》には涙《なみだ》がでるほど嬉《うれ》しい言葉《ことば》。だけど……。

「もう橙弥《とうや》くんにはしてもらってるよ」

「えっ？」

「こんな素敵《すてき》な場所《ばしょ》をたくさん教《おし》えてくれたもん。だからこんな日《ひ》にも私《わたし》は来《く》る場所《ばしょ》があった。そして、心《こころ》を落《お》ちつかせられてる……」

自然《しぜん》や動物《どうぶつ》の力《ちから》って、本当《ほんとう》にすごいね。それは、橙弥《とうや》くんが教《おし》えてくれたんだ。

「それに、橙弥《とうや》くんが今一緒《いまいっしょ》にいてくれてるだけで嬉《うれ》しいから」

「そっか……ならよかったけど」

そう言《い》ったあと、

「……やっぱり俺《おれ》じゃだめか」

小《ちい》さくつぶやきながら足《あし》もとの小石《こいし》をける橙弥《とうや》くん。

……どういうこと？

「蓮夜《れんや》の代《か》わりにはなれないよな」

続《つづ》けて、はーっと息《いき》を吐《は》いた。

「代《か》わりって……燈弥《とうや》くんは燈弥《とうや》くんだよ。代《か》わりとかそんなの考《かんが》えたことないよ！」

真剣《しんけん》に訴《うった》えると、燈弥《とうや》くんは一度《いちど》きょとんとして……それから笑《わら》った。

え？　私《わたし》、なにかおかしいこと言《い》ったかな？

「あはは、やっぱり莉桜《りお》ちゃんにはかなわないや」

「ご、ごめんっ。……だけど、ありがとう！　元気出《げんきで》た！」

それは本当《ほんとう》。

こうやって、気《き》にかけて寄《よ》り添《そ》ってくれる人《ひと》がいるだけで幸《しあわ》せ。

私《わたし》はひとりじゃない。そう思《おも》えただけで、どれだけ勇気《ゆうき》がもらえるか。

「あ、マロン、ごめんね」

エサを欲《ほ》しがるマロンに、残《のこ》りのエサやりを再開《さいかい》する。

「……そんなところが好《す》きになったんだけどね」

燈弥《とうや》くんのつぶやきは風《かぜ》に消《け》され、私《わたし》の耳《みみ》には届《とど》かなかった。

お母《かあ》さんに知《し》られるわけにいかないから学校《がっこう》は休《やす》めず、次《つぎ》の日《ひ》もいつもどおり登校《とうこう》した。

身分《みぶん》というルールだけは違反《いはん》しているけど、学園《がくえん》がそれを認《みと》めてくれている以上《いじょう》、授《じゅ》業《ぎょう》を受《う》ける資格《しかく》はあるはず。

私《わたし》は何《なに》を言《い》われてもたえる覚悟《かくご》で、花組《はなぐみ》に向《む》かった。

「あ～ら、今日《きょう》もお休《やす》みかと思《おも》った」

「どういう神経《しんけい》してたら登校《とうこう》できるのかしら」

百合園《ゆりぞの》さんたちは思《おも》ったとおりイヤミを言《い》ってくる。

こんなの聞《き》き流《なが》せばいい……。歯《は》をグッと食《く》いしばって耐《た》えた。

だけど、どこへ行《い》っても好奇《こうき》の目《め》にさらされた。

「ねえ、あの子《こ》だよっ」

「使用人《しようにん》の娘《むすめ》なんだってね」

移動教室中《いどうきょうしつちゅう》も噂《うわさ》されっぱなしだし、わざわざ他《ほか》のクラスから私《わたし》を見《み》に来《く》る人《ひと》も。

もう、針《はり》のむしろ状態《じょうたい》……。

精神的苦痛《せいしんてきくつう》こそが私《わたし》への制裁《せいさい》と考《かんが》えているのか、百合園《ゆりぞの》さんたちは直接的《ちょくせつてき》な嫌《いや》がらせはしてこない。ただ、私《わたし》を見《み》てうすら笑《わら》いを浮《う》かべるだけ。

こんなことに負《ま》けない！

雑草魂《ざっそうだましい》で切《き》りぬけるんだ……がんばれ、莉桜《りお》！

心《こころ》を無《む》にして、なんとかやり過《す》ごしていた。


——授業中《じゅぎょうちゅう》。

消《け》しゴムを落《お》としてしまった。

拾《ひろ》おうと手《て》を伸《の》ばしたら、私《わたし》よりも先《さき》に拾《ひろ》ってくれたのは——うしろの席《せき》のくるみちゃん。

「はい、どうぞ」

いつもと変《か》わらない声《こえ》に胸《むね》がチクッと痛《いた》んで。

「……ありがとう」

くるみちゃんを見《み》ないようにして受《う》け取《と》り、すぐ前《まえ》を向《む》いた。

ひどいことをされるより、優《やさ》しくされるほうが苦《くる》しいなんて……。

でも、私《わたし》がくるみちゃんと関《かか》わったら迷惑《めいわく》がかかる。

うしろからは痛《いた》いほどの視線《しせん》を感《かん》じるけど、気《き》づかないふりをして、ずっと前《まえ》を向《む》いていた。

そんな状況《じょうきょう》が一変《いっぺん》したのは昼休《ひるやす》みのことだった。

「えっ……」

「なんで……」

突如《とつじょ》、教室《きょうしつ》がざわざわする。

五時間目《ごじかんめ》が始《はじ》まる寸前《すんぜん》、自分《じぶん》の席《せき》で予習《よしゅう》に没頭《ぼっとう》していた私《わたし》は何事《なにごと》かと顔《かお》を上《あ》げて。

――息《いき》をのんだ。

「俺《おれ》のいない間《あいだ》に、ずいぶんにぎやかなことになってんじゃねえの？」

開《あ》け放《はな》したドアに手《て》をつけたまま、中《なか》をうかがっていたのは蓮夜《れんや》くん。

「れ、蓮夜《れんや》さま……っ」

百合園《ゆりぞの》さんの表情《ひょうじょう》はこわばり、一瞬《いっしゅん》にして静《しず》まり返《かえ》る教室《きょうしつ》。

どうして蓮夜《れんや》くんがここに？　帰国《きこく》は明日《あした》の予定《よてい》だよね？

ここに蓮夜《れんや》くんがいることが信《しん》じられず、夢《ゆめ》でも見《み》てるんじゃないかと思《おも》った。

と同時《どうじ》に、この状況《じょうきょう》を知《し》られてしまったことに絶望《ぜつぼう》を覚《おぼ》える。

蓮夜《れんや》くんが、教室《きょうしつ》の中《なか》に入《はい》ってくる。

……どうか、なにも起《お》こりませんように。

そう祈《いの》りながら、私《わたし》はぎゅっと目《め》をつむった。

ゆっくりと、でも大《おお》きな足音《あしおと》からは、蓮夜《れんや》くんの怒《いか》りが伝《つた》わってくる。

——バンッ！

いきなり教卓《きょうたく》に両手《りょうて》を叩《たた》きつけるから、私《わたし》はビクッと肩《かた》を上《あ》げた。

……ああ、やっぱり……。

「誰《だれ》がこんなこと許《ゆる》した」

息《いき》をするのもはばかられそうなほどの空気《くうき》。

両手《りょうて》をおいたまま、教室《きょうしつ》をぐるりと見回《みまわ》した蓮夜《れんや》くんの目《め》が鋭《するど》く光《ひか》る。

長《なが》い前髪《まえがみ》のすき間《ま》から見《み》えるとがった瞳《ひとみ》は、最強《さいきょう》の名《な》をほしいままにする彼《かれ》の象徴《しょうちょう》。

私《わたし》でさえ、怖《こわ》いと思《おも》ってしまった。

「これはなんだ」

蓮夜《れんや》くんがクリップでとめられた紙《かみ》の束《たば》を掲《かか》げると、百合園《ゆりぞの》さんたちはバツが悪《わる》そうに目《め》をそらす。

なんだろう、あれ……。

「俺《おれ》のいない間《あいだ》に嘆願書《たんがんしょ》なんて作《つく》って、川西《かわにし》をこの学園《がくえん》から追放《ついほう》しようとはずいぶん根《ね》回《まわ》しがいいな」

嘆願書《たんがんしょ》……。そっか、そんなものを作《つく》っていたんだ。

きっとあっという間《ま》に集《あつ》まるはず。だから百合園《ゆりぞの》さんたちも余裕《よゆう》そうにしていたのかも。

うつむいた私《わたし》の視界《しかい》のすみに、白《しろ》い紙《かみ》がハラリと舞《ま》った。

なんと、蓮夜《れんや》くんは嘆願書《たんがんしょ》を目《め》の前《まえ》で破《やぶ》り捨《す》てたのだ。

な、なにしてるの!?

私《わたし》だけじゃない、クラスメイトたちも呆気《あっけ》にとられている。

「今後《こんご》、川西《かわにし》を処分《しょぶん》しようとするものは、俺《おれ》と全面的《ぜんめんてき》に敵対《てきたい》すると思《おも》ってくれ」

黙《だま》っていても存在感《そんざいかん》を放《はな》つ彼《かれ》が、いざ指揮《しき》を取《と》ったらこんなにも力《ちから》を発揮《はっき》するのかと思《おも》い知《し》らされた瞬間《しゅんかん》。

誰《だれ》も口《くち》を挟《はさ》める人《ひと》はいない。

「蓮夜《れんや》さまっ、どうしてですか!?　鮫嶋家《さめじまけ》のメイドの娘《むすめ》っていうだけで特別扱《とくべつあつか》いするのは、納得《なっとく》いきませんわっ」

いるとすれば、百合園《ゆりぞの》さんだけ。

蓮夜《れんや》くんは、そんな百合園《ゆりぞの》さんを一瞥《いちべつ》して、

「俺《おれ》にしたこと忘《わす》れたのか？」

「……っ」

「なんなら、俺《おれ》も嘆願書《たんがんしょ》を作《つく》った方《ほう》がいいか？」

意味《いみ》を理解《りかい》した百合園《ゆりぞの》さんは、それ以上口《いじょうくち》をひらけず、力《ちから》なく席《せき》に座《すわ》る。

蓮夜《れんや》くんは顔《かお》つきを戻《もど》し、真面目《まじめ》に告《つ》げた。

「川西《かわにし》がここにいるのには正当《せいとう》な理由《りゆう》がある。みんなにも聞《き》いてほしい」

蓮夜《れんや》くんは、鮫嶋家《さめじまけ》で起《お》きた事件《じけん》について話《はな》し始《はじ》めた。私《わたし》のお母《かあ》さんのおかげで鮫嶋《さめじま》財閥《ざいばつ》の当主《とうしゅ》が無事《ぶじ》だったのだと。よって、私《わたし》が鮫嶋家《さめじまけ》に住《す》み込《こ》み、ここへ通《かよ》うことになったと。

葵《あおい》くんと渚《なぎさ》くんにはすでに知《し》られている事実《じじつ》。

いざというときに、事実《じじつ》を打《う》ち明《あ》けることに同意《どうい》はしていた。

クラス内《ない》はざわつき「えー！」とか「そんなことがっ！」と驚《おどろ》きを隠《かく》せない人《ひと》もたくさん。

「最初《さいしょ》から説明《せつめい》していなかったのは、鮫嶋家《さめじまけ》の責任《せきにん》だ。川西《かわにし》を攻撃《こうげき》するのはやめろ。異論《いろん》

があるヤツは直接《ちょくせつ》俺《おれ》に言《い》ってくれ。以上《いじょう》」

蓮夜《れんや》くんはこの話《はなし》を終《お》わりにし、反論《はんろん》する人《ひと》もいなかった。

事情《じじょう》はわかったけれど、私《わたし》が身分《みぶん》を偽《いつわ》ってこの学園《がくえん》に転入《てんにゅう》してきたことは、やっぱりみんなに影響《えいきょう》を与《あた》え。

すんなり受《う》け入《い》れられない人《ひと》の方《ほう》が大多数《だいたすう》のようだった。

私《わたし》は学園《がくえん》を追放《ついほう》されることこそなくなったけれど、完全《かんぜん》に学園《がくえん》の中《なか》で浮《う》いた存在《そんざい》となった。


午後《ごご》は、多目的《たもくてき》ホールで社交界《しゃこうかい》マナーの実技授業《じつぎじゅぎょう》だった。

当然《とうぜん》、私《わたし》には関係《かんけい》なく。

もうみんなにもバレたんだから、私《わたし》が出席《しゅっせき》していたらおかしいし、先生《せんせい》にお願《ねが》いして教室《きょうしつ》で自習《じしゅう》することに。

私《わたし》が誰《だれ》かとペアを組《く》む必要《ひつよう》もなくなったし、これからは特別授業《とくべつじゅぎょう》は免除《めんじょ》してもらおう。

シャーペンを走《はし》らせる音《おと》だけが響《ひび》く静《しず》かな教室《きょうしつ》に、コツコツ……と誰《だれ》かの足音《あしおと》が近《ちか》づいてきた。

「莉桜《りお》ちゃん……」

そして呼《よ》ばれた。

「……っ」

この声《こえ》は、くるみちゃん……？

なんで？　特別授業《とくべつじゅぎょう》は？　……ってだめ。

そんな疑問《ぎもん》が頭《あたま》の中《なか》でぐるぐる回《まわ》りながらも、ノートに目《め》を落《お》としたまま必死《ひっし》に手《て》を動《うご》かした。

「莉桜《りお》ちゃん……！」

それでもくるみちゃんは私《わたし》の名前《なまえ》を呼《よ》び続《つづ》けるから……私《わたし》はシャーペンをきつく握《にぎ》りしめた。

「莉桜《りお》ちゃん……私《わたし》たち、もう友達《ともだち》でいられないの？」

泣《な》きそうなその声《こえ》に、胸《むね》がぎゅっと押《お》しつぶされそうになる。

私《わたし》の素性《すじょう》を知《し》っても、まだそんなこと言《い》ってくれるなんて……。

やっぱりちゃんと話《はなし》をしないとだめだ。

あふれそうになる涙《なみだ》をこらえて顔《かお》をあげた。

「私《わたし》はお嬢《じょう》さまでもなんでもないし、嘘《うそ》ついてたことは事実《じじつ》なの。くるみちゃんまでだまして……ごめんね」

それはずっと心苦《こころぐる》しかった。

ぼっちでいいと思《おも》っていた私《わたし》に、声《こえ》をかけてくれた優《やさ》しいくるみちゃん。

仲《なか》よくなればなるほど、ずっとつらかった……。

私《わたし》だって、ずっとくるみちゃんと仲《なか》よくしていたいけど……それは無理《むり》そうだよ。

「くるみちゃん、ありがとう。でも、私《わたし》と一緒《いっしょ》にいたらくるみちゃんまで悪《わる》く言《い》われちゃうかもしれない。私《わたし》はひとりでも大丈夫《だいじょうぶ》だから」

渚《なぎさ》くんだって言《い》ってた。

『団結《だんけつ》してよそ者《もの》を排除《はいじょ》したがるのが人間《にんげん》のさが』

これって、この学園《がくえん》に限《かぎ》ったことじゃない。みんな自分《じぶん》を守《まも》るために、自分《じぶん》が標的《ひょうてき》にならないように、どの世界《せかい》でも起《お》きうること。

私《わたし》は何《なに》をされてもたえられるけど、大好《だいす》きなくるみちゃんがそんな目《め》にあうのだけはたえられない。

「私《わたし》が大丈夫《だいじょうぶ》じゃないの！」

今《いま》まで聞《き》いたことのないような力強《ちからづよ》い声《こえ》。

「私《わたし》は、莉桜《りお》ちゃんが帰国子女《きこくしじょ》のお嬢《じょう》さまって聞《き》いて仲良《なかよ》くしたわけじゃないよ。莉《り》桜《お》ちゃんだからだよ！　だから、私《わたし》は莉桜《りお》ちゃんとずっと友達《ともだち》でいたい……っ。みんなに無視《むし》されたとしても、莉桜《りお》ちゃんと話《はな》せないほうがずっとつらいの……うっ……」

……もう、こみあげてくるものを我慢《がまん》できなかった。

そんな風《ふう》に言《い》ってくれることが嬉《うれ》しくて、そして、そんなくるみちゃんに嘘《うそ》をついていたのが申《もう》し訳《わけ》なくて。

「くる……ちゃ……ううっ……」

私《わたし》は立《た》ち上《あ》がって、くるみちゃんに抱《だ》きついた。

「私《わたし》だってくるみちゃんのことが大好《だいす》きっ……。ずっとずっと、友達《ともだち》でいたいよ……っ」

許《ゆる》されるなら……っていう本音《ほんね》を、口《くち》にしてしまった。

くるみちゃんも私《わたし》を抱《だ》きしめ返《かえ》してくれる。

「百合園《ゆりぞの》さんたちなんて怖《こわ》くない。自分《じぶん》の心《こころ》に嘘《うそ》をついて過《す》ごすほうがよっぽど怖《こわ》い」

「くるみちゃん……かっこいい……かっこよすぎるよ……」

「……莉桜《りお》ちゃんには負《ま》けるけどね……えへへっ……」

「ふふふっ……」

「私《わたし》たち、ずっと友達《ともだち》だよね」

「……うん」

くるみちゃんに出会《であ》えたこと。それだけでも宮帝学園《きゅうていがくえん》に来《き》てよかった……。

私《わたし》たちは、抱《だ》き合《あ》って泣《な》き笑《わら》いした。

運命《うんめい》の創立祭《そうりつさい》

いよいよ創立祭《そうりつさい》の日《ひ》がやってきた。

ペアのおひろめだから、関係《かんけい》のない私《わたし》はもちろん欠席《けっせき》。

なのに会場《かいじょう》は鮫嶋邸《さめじまてい》の大広間《おおひろま》だっていうから、そわそわ落《お》ち着《つ》かない。

朝《あさ》から黒塗《くろぬ》りの車《くるま》が続々《ぞくぞく》と鮫嶋邸《さめじまてい》の門《もん》をくぐってくる。

この家《いえ》の窓《まど》からもその様子《ようす》が見《み》えるんだ。

大広間《おおひろま》は、去年《きょねん》の創立祭《そうりつさい》の映像《えいぞう》を見《み》たら、腰《こし》を抜《ぬ》かすような豪華《ごうか》な会場《かいじょう》だった。

外観《がいかん》は海外《かいがい》の宮殿《きゅうでん》のようなつくりで、中《なか》の壁《かべ》や天井《てんじょう》の壁画《へきが》は、超一流画家《ちょういちりゅうがか》が直接《ちょくせつ》描《か》いたんだとか。

日本《にほん》の重要文化財《じゅうようぶんかざい》にも指定《してい》されているらしく、簡単《かんたん》に足《あし》を踏《ふ》み入《い》れられる場所《ばしょ》じゃないことはたしか。

「くるみちゃんと白鳥《しらとり》くんのおひろめ、見《み》たかったなあ……」

心残《こころのこ》りは、それだけ。

今日《きょう》はみんなとびきりのオシャレをするみたい。くるみちゃんも可愛《かわい》いんだろうなあ。

あとで写真《しゃしん》を見《み》せてもらおう。

葵《あおい》くん、渚《なぎさ》くん、橙弥《とうや》くんもそれぞれ、少《すこ》し前《まえ》にペアが決《き》まったと聞《き》いた。

ペアの締《し》め切《き》りは数日前《すうじつまえ》で、ペアが決《き》まらなかった生徒《せいと》の一覧《いちらん》が貼《は》り出《だ》されたけれど、そこに蓮夜《れんや》くんの名前《なまえ》はなかった。

蓮夜《れんや》くんは誰《だれ》かを選《えら》んだんだ。そう思《おも》ったら少《すこ》し胸《むね》は痛《いた》むけど、これでよかったんだとほっとしているのも事実《じじつ》。

「よし、やるぞ！」

私《わたし》は気持《きも》ちを切《き》り替《か》えて家事《かじ》に取《と》りかかった。

お母《かあ》さんはリハビリで朝《あさ》から病院《びょういん》へ行《い》っている。

朝食《ちょうしょく》の洗《あら》い物《もの》を終《お》えると、次《つぎ》は洗濯物干《せんたくものほ》し。今日《きょう》はいい天気《てんき》だから洗濯物《せんたくもの》がすぐに乾《かわ》きそう！

窓《まど》を開《あ》けようとしたとき。

――ピンポーン。

家《いえ》のチャイムが鳴《な》った。

「はーい」

メイド仲間《なかま》さんかな？　いそいで玄関《げんかん》のドアを開《あ》けて、一瞬《いっしゅん》ときが止《と》まる。

そこにいたのはあまりにも予想外《よそうがい》の人《ひと》。

スタイリッシュな深《ふか》いグレーのスーツを着《き》て、いつもサラサラな髪《かみ》の毛《け》はワックスで整《ととの》えた――蓮夜《れんや》くん……⁉

か、かっこいい……‼　見違《みちが》えるような姿《すがた》に、私《わたし》はその場《ば》に立《た》ち尽《つ》くす。

「……莉桜《りお》？」

怪訝《けげん》な顔《かお》をされて我《われ》に返《かえ》る。

はっ！　見《み》とれてる場合《ばあい》じゃないよ！

「ど、どうしたの⁉」

朝《あさ》からこんなところになんの用《よう》だろう。しかも、今日《きょう》みたいな大事《だいじ》な日《ひ》に。

なんとか声《こえ》をしぼり出《だ》すと、

「話《はなし》あんだけど」

と、一言《ひとこと》。

「ん？　話《はなし》……？」

部屋《へや》の奥《おく》をのぞき込《こ》むようなしぐさに、私《わたし》は玄関《げんかん》のドアをさらに開《ひら》いた。

「ご、ごめん気《き》が利《き》かなくて。中《なか》、入《はい》って！」

蓮夜《れんや》くんをこんなところに突《つ》っ立《た》たせてしまった！

「じゃあ、おじゃまします」

「狭《せま》いし散《ち》らかってるけど……って、いや、狭《せま》くはないか、でも狭《せま》いかっ……あっ……」

自分《じぶん》でも何《なに》を言《い》ってるかわかんなくなっちゃう。

蓮夜《れんや》くんからすればすごく狭《せま》いけど、ここは鮫嶋家《さめじまけ》所有《しょゆう》の家《いえ》だから下《さ》げるのもおかしいし。

自分《じぶん》で言《い》って突《つ》っ込《こ》む私《わたし》に、プッと吹《ふ》き出《だ》す蓮夜《れんや》くん。

あ……。笑《わら》われた。でも笑《わら》ってくれて、ちょっとだけ緊張《きんちょう》がほぐれた。

ダイニングテーブルに向《む》かいあう私《わたし》たち。

ここに蓮夜《れんや》くんがいるのが不思議《ふしぎ》すぎて、借《か》りて来《き》た猫《ねこ》みたいにかしこまっていると。

「もう一度《いちど》言《い》う。俺《おれ》のペアになってほしい」

まっすぐな瞳《ひとみ》で蓮夜《れんや》くんが言《い》った。

一瞬《いっしゅん》、なにを言《い》われているのかわからなかった。

「ま、待《ま》って……。蓮夜《れんや》くん、ペアはもう決《き》まったんじゃ……」

静《しず》かに首《くび》を横《よこ》に振《ふ》る蓮夜《れんや》くん。

……どういうこと？

「先生《せんせい》にたのんで、ペアが決《き》まったことにしておいてもらった」

うそ……。

「俺《おれ》のペアは莉桜《りお》しか考《かんが》えられない」

そんなこと言《い》われても……。

「えっと、私《わたし》にはペアは必要《ひつよう》ないよ……特《とく》別授業《べつじゅぎょう》を受《う》ける意味《いみ》もないんだから……」

「意味《いみ》はあるよ……」

「え？」

蓮夜《れんや》くんの言《い》っていることがわからなくてきょとんとする。

「これから先《さき》、俺《おれ》の隣《となり》には莉桜《りお》がいてほしいから」

それって、どういう意味《いみ》……？

いつの間《ま》にか蓮夜《れんや》くんは立《た》ち上《あ》がり、私《わたし》の横《よこ》に来《き》ていた。

そして私《わたし》の手《て》を取《と》る。

「観覧車《かんらんしゃ》でも言《い》ったけど、俺《おれ》は莉桜《りお》に会《あ》って本当《ほんとう》の自分《じぶん》を取《と》り戻《もど》せた。だからこそ、自分《じぶん》の気持《きも》ちもはっきりわかったんだ。俺《おれ》は、莉桜《りお》が好《す》きだ」

「……っ」

ペアになるだけじゃなくて、私《わたし》のことが、好《す》き……？

うそ……。

夢《ゆめ》の中《なか》にいるのかあやふやなくらい現実味《げんじつみ》がない。

まさか、蓮夜《れんや》くんから告白《こくはく》されるなんて。

「や、やだな……そんなの……そもそも奥《おく》さまたちが許《ゆる》すわけないよ」

それでもやっぱり、喜《よろこ》んじゃいけない。

蓮夜《れんや》くんは鮫嶋家《さめじまけ》の立派《りっぱ》な跡取《あとと》り。

そんな蓮夜《れんや》くんの相手《あいて》は、しっかりした家柄《いえがら》のお嬢《じょう》さまじゃなくちゃ……。

「それなら心配《しんぱい》ない。とっくに両親《りょうしん》には話《はな》してある。もちろん俺《おれ》の気持《きも》ちを尊重《そんちょう》してくれた」

「えっ……」

「俺《おれ》には莉桜《りお》以外《いがい》考《かんが》えられない。俺《おれ》には莉桜《りお》が必要《ひつよう》なんだよ」

必死《ひっし》に伝《つた》えてくれる蓮夜《れんや》くん。もう、それだけで胸《むね》がいっぱい。

我慢《がまん》できなくて、視界《しかい》はゆらゆらと涙《なみだ》でにじんでいく。

だって、嬉《うれ》しくて嬉《うれ》しくて……。こんな幸《しあわ》せなことがあっていいの?

私《わたし》も言《い》ってもいいのかな。自分《じぶん》の気持《きも》ちを……。

「聞《き》かせて、莉桜《りお》の気持《きも》ち」

ためらっている私《わたし》の背中《せなか》を押《お》してくれる蓮夜《れんや》くん。

私《わたし》は勇気《ゆうき》をもって、想《おも》いを声《こえ》に乗《の》せた。

「わ、私《わたし》も……蓮夜《れんや》くんが好《す》き……っ」

言《い》っちゃった……。

この気持《きも》ちを蓮夜《れんや》くんに伝《つた》えられる日《ひ》が来《く》るとは思《おも》わなかった。

言《い》った瞬間《しゅんかん》、胸《むね》のつかえが取《と》れたように力《ちから》が抜《ぬ》けた私《わたし》を、蓮夜《れんや》くんは抱《だ》きしめてくれた。

「やべえ……マジ嬉《うれ》しい。……ありがとう」

想《おも》いが通《つう》じ合《あ》うなんて、想像《そうぞう》したことすらなくて。

地《ち》に足《あし》がついてないみたいにふわふわしてる。

「あらためて聞《き》く。俺《おれ》のペアになってくれる？」

「……はい」

蓮夜《れんや》くんの目《め》をしっかり見《み》つめて答《こた》えると、

「じゃあ、行《い》こう」

私《わたし》はそのまま蓮夜《れんや》くんに手《て》を引《ひ》かれ、家《いえ》を出《で》た。


本邸《ほんてい》へ行《い》くと何人《なんにん》もの人《ひと》が私《わたし》を取《と》り囲《かこ》み、着替《きが》えやヘアメイクに取《と》り掛《か》かる。

今《いま》でも信《しん》じられないよ……。

本当《ほんとう》だったら今頃洗濯物《いまごろせんたくもの》を干《ほ》していた私《わたし》が、どんどん変身《へんしん》していく。

ブルーを基調《きちょう》としたドレスに着替《きが》え、メイクをし、ハーフアップにされた毛先《けさき》を巻《ま》き、まるで本当《ほんとう》のお嬢《じょう》さまにでもなってしまったかのよう。

最後《さいご》にアクセサリーをつけ、ヒールの靴《くつ》をはけば準備完了《じゅんびかんりょう》。

「わあっ、最高《さいこう》にかわいい！」

「素敵《すてき》です！」

「蓮夜《れんや》さまにも、きっとお気《き》に召《め》してもらえるはずですよ」

全力《ぜんりょく》で褒《ほ》めてくれるメイドさんたちにお礼《れい》を言《い》って、私《わたし》は蓮夜《れんや》くんの待《ま》つ部屋《へや》に向《む》かう。

普段《ふだん》の私《わたし》とあまりに違《ちが》いすぎて、恥《は》ずかしいな……。

私《わたし》を見《み》た蓮夜《れんや》くんは、一瞬《いっしゅん》言葉《ことば》を失《うしな》って。

「俺《おれ》の姫《ひめ》は最高《さいこう》にかわいいな」

「蓮夜《れんや》くん……っ……」

姫《ひめ》って。はずかしいっ……。でも……うれしい。

まっすぐ目《め》が見《み》られなくてもじもじしていると、おでこにやわらかいものが触《ふ》れて。

はっと顔《かお》をあげると、目《め》の前《まえ》に蓮夜《れんや》くんが。

「ちょ、ちょ……い、今《いま》なにした……っ」

聞《き》くまでもないけど……。

「ん？　わかんなかったならもう一回《いっかい》しようか？」

蓮夜《れんや》くんは再《ふたた》び私《わたし》に向《む》かってかがむと、おでこにちゅっと口《くち》づけた。

え……？

目《め》を見開《みひら》いたまま、私《わたし》は硬直《こうちょく》。

ひゃっ、キスされちゃった……！

「抱《だ》きしめたいけど、メイクが崩《くず》れたら困《こま》るもんな」

続《つづ》けて甘《あま》いセリフを口《くち》にされ、私《わたし》はもうふっとう寸前《すんぜん》！

蓮夜《れんや》くんって、こんな甘々《あまあま》キャラだったの？

口《くち》をパクパクさせる私《わたし》を、蓮夜《れんや》くんはおもしろそうに見《み》ていた。


そんな私《わたし》たちも、大広間《おおひろま》を目《め》の前《まえ》にすれば当然緊張《とうぜんきんちょう》は高《たか》まって。

「大丈夫《だいじょうぶ》？」

「うん、大丈夫《だいじょうぶ》」

みんなが私《わたし》を受《う》け入《い》れてくれるとは限《かぎ》らない。

だけど、私《わたし》はこの学園《がくえん》でがんばるって決《き》めたんだから、少《すこ》しでも理解《りかい》してもらいたい。

もう創立祭《そうりつさい》は始《はじ》まっているようで、建物《たてもの》の外《そと》は静《しず》まりかえっている。

ドキドキドキドキ……。

自分《じぶん》の心臓《しんぞう》の音《おと》が、頭《あたま》の中《なか》にまで響《ひび》くくらいの緊張《きんちょう》。

「じゃあ、行《い》こうか」

大《おお》きく息《いき》を吐《は》き、執事《しつじ》さんが開《あ》けたドアの中《なか》に見《み》えたのは——。

そこは、別世界《べつせかい》だった。

まるで異国《いこく》の地《ち》に来《き》たかのような内装《ないそう》の大広間《おおひろま》には、いくつものシャンデリアがつりさげられていて、パンフレットで見《み》たとおりの壁画《へきが》が私《わたし》を迎《むか》え入《い》れてくれる。

中央奥《ちゅうおうおく》の壇上《だんじょう》では、すでにペアのおひろめが始《はじ》まっていた。

ザワザワッ……。

誰《だれ》かが蓮夜《れんや》くんの登場《とうじょう》に気《き》づき、それは伝染《でんせん》してどんどんみんながこちらを振《ふ》り返《かえ》る。

蓮夜《れんや》くんのフォーマルな姿《すがた》に歓喜《かんき》が起《お》こった直後《ちょくご》、私《わたし》に気《き》づいた人《ひと》たちの怪訝《けげん》そうな声《こえ》と顔《かお》。

それに一番《いちばん》に反応《はんのう》したのは百合園《ゆりぞの》さん。

いつもより大《おお》きい巻《ま》き髪《がみ》をゆらしながら、歩《ある》いてくる。

「蓮夜《れんや》さまっ……まさかペアの相手《あいて》って……」

それから私《わたし》に向き直《むなお》ると、キッときつい視線《しせん》を投《な》げた。

「今《いま》さらどんな顔《かお》して出《で》てきたのよ！」

だけどもう、ひるまない。

大広間《おおひろま》にいる生徒《せいと》たち全員《ぜんいん》に聞《き》こえるように声《こえ》を張《は》った。

「私《わたし》は、お金持《かねも》ちの娘《むすめ》でもお嬢《じょう》さまでもありません。でも機会《きかい》を得《え》てこの学園《がくえん》に転入《てんにゅう》して、いい友達《ともだち》に出会《であ》えました」

くるみちゃんと目《め》が合《あ》う。

くるみちゃんはにっこり微笑《ほほえ》んでくれた。

「私《わたし》はこれからもこの学園《がくえん》で学《まな》びたいです。この学園《がくえん》にいてもいいでしょうか」

「まだそんなこと言《い》ってるの？　そんなの許《ゆる》すわけっ――」

すると、百合園《ゆりぞの》さんの声《こえ》をさえぎるようにどこからかパチパチと拍手《はくしゅ》が起《お》こった。

百合園《ゆりぞの》さんを押《お》しのけるように前《まえ》に出《で》る女子数人《じょしすうにん》。

「川西《かわにし》さんは、私《わたし》たちのような中流層《ちゅうりゅうそう》にも勇気《ゆうき》を与《あた》えてくれたの。だから私《わたし》は川西《かわにし》さんを応援《おうえん》したい！」

「川西《かわにし》さんみたいな子《こ》、見《み》たことないもん。やっぱりすごいよ、川西《かわにし》さん！」

それは立花《たちばな》さんたちだった。

事実《じじつ》を知《し》って一時《いっとき》は戸惑《とまど》っていたようだけど、今《いま》は笑顔《えがお》だ。

それを皮切《かわき》りに、賛同《さんどう》してくれる声《こえ》が上《あ》がっていく。

「いいと思《おも》う！」

「賛成《さんせい》！」

それは広《ひろ》がり、やがて拍手《はくしゅ》の海《うみ》に包《つつ》まれた。

みんな……。ありがとう……。じわっと胸《むね》が熱《あつ》くなる。

そのとき黙《だま》っていた蓮夜《れんや》くんが、一歩前《いっぽまえ》へ出《で》た。

「俺《おれ》のペアは莉桜《りお》だ。俺《おれ》が莉桜《りお》を選《えら》んだんだ。誰《だれ》にも文句《もんく》は言《い》わせない」

堂々《どうどう》の宣言《せんげん》。

ちょっぴり恥《は》ずかしいけど、すごくかっこよかった。

ヒューッと、渚《なぎさ》くんが冷《ひ》やかすような口笛《くちぶえ》を吹《ふ》いた。

笑顔《えがお》で拍手《はくしゅ》する橙弥《とうや》くんの姿《すがた》も見《み》える。

「うそよ……そんなのうそよっ……」

百合園《ゆりぞの》さんは髪《かみ》を振《ふ》り乱《みだ》しながらその場《ば》に崩《くず》れ落《お》ちて。

「ヒメアさん大丈夫《だいじょうぶ》ですか⁉」

ペアの男子《だんし》が必死《ひっし》になだめていた。


それから私《わたし》と蓮夜《れんや》くんも席《せき》に座《すわ》り、おひろめを見守《みまも》る。

楽《たの》しみにしていたくるみちゃんと白鳥《しらとり》くんのペアもしっかり見《み》れたんだ。

くるみちゃんはすっごくかわいくて、白鳥《しらとり》くんの隣《となり》にいるくるみちゃんは、すごく幸《しあわ》せそうだった。

そしてペアの発表《はっぴょう》はどんどん続《つづ》いていき、いよいよラストのペアの発表《はっぴょう》を残《のこ》すだけとなった。


ドキドキドキドキ……。

緊張《きんちょう》が高《たか》まる。

本当《ほんとう》なら、私《わたし》はここにいるべきじゃなかった。

だけど、私《わたし》は自分《じぶん》で自分《じぶん》の道《みち》を切《き》り開《ひら》いたんだ。

どんな境遇《きょうぐう》にいたって、運命《うんめい》は自分《じぶん》の手《て》でいくらでも変《か》えられる——。

「続《つづ》いて、ラストのペア――」

いよいよ私《わたし》たちの番《ばん》。

「鮫嶋蓮夜《さめじまれんや》&川西莉桜《かわにしりお》!」

大《おお》きな声《こえ》で名前《なまえ》が読《よ》みあげられ、蓮夜《れんや》くんに手《て》を差《さ》し出《だ》される。

私《わたし》はその手《て》をぎゅっとにぎった。

この先《さき》、どんな困難《こんなん》が待《ま》っていても、私《わたし》は雑草魂《ざっそうだましい》でがんばるんだ!

蓮夜《れんや》くんと一緒《いっしょ》なら、どんなときでもきっと最強《さいきょう》だから。

私《わたし》たちは目《め》を合《あ》わせて、呼吸《こきゅう》をそろえて。

「「はいっ!!」」

壇上《だんじょう》への一歩《いっぽ》を踏《ふ》み出《だ》した――。

END

あとがき

こんにちは。作者《さくしゃ》のゆいっとです。

『セレブ学園《がくえん》の最強《さいきょう》男子《だんし》×４から、なぜか求愛《きゅうあい》されています。【取《と》り扱《あつか》い注意《ちゅうい》⚠最《さい》強《きょう》男子《だんし》シリーズ】』を読《よ》んでくださり、ありがとうございました。

今回《こんかい》は、身分差《みぶんさ》がテーマの逆《ぎゃく》ハー物語《ものがたり》を書《か》きました。

庶民《しょみん》な主人公《しゅじんこう》・莉桜《りお》が、セレブ学園《がくえん》に転入《てんにゅう》するというシンデレラストーリーですが、莉桜《りお》は自分《じぶん》の境遇《きょうぐう》を悲観《ひかん》することなく、いつも前向《まえむ》きでいたからこそ、幸《しあわ》せをつかむことが出来《でき》ました。莉桜《りお》みたいに心《こころ》が強《つよ》い女《おんな》の子《こ》を書《か》いてみたかったので、今回《こんかい》書《か》いていてとても楽《たの》しかったです！　みなさんにも楽《たの》しんでもらえていたら嬉《うれ》しいです。

四人《よにん》の御曹司《おんぞうし》たちはもちろんイケメン設定《せってい》ですが、イラスト……すごいですよね!!　ひと目《め》でイケメンだとわかる御曹司《おんぞうし》たちに、イラストをもらってからテンションが上《あ》がりっぱなしでした。

みなさんの推《お》しは誰《だれ》ですか？　お手紙《てがみ》、または野《の》いちごジュニア文庫《ぶんこ》のホームページからもコメントを送《おく》れるので、よかったら聞《き》かせてくださいね。（私《わたし》はみんなかっこよくて選《えら》べません！）

最後《さいご》になりましたが、素敵《すてき》すぎるカバーイラストと挿絵《さしえ》を描《か》いてくださいました乙女《おとめ》坂心先生《ざかこころせんせい》、どうもありがとうございました。あまりに美麗《びれい》なイラストに、毎日《まいにち》ながめてはうっとりしていました。

また、この本《ほん》に携《たずさ》わってくださったすべての方《かた》にお礼申《れいもう》し上《あ》げます。

あらためまして、この本《ほん》に出会《であ》ってくださりありがとうございました。

また別《べつ》のお話《はなし》でもお会《あ》いできますように。

二〇二四年十月二十日　ゆいっと

野いちごジュニア文庫

著・ゆいっと

栃木県在住。愛猫と戯れることが日々の癒やし。単行本版『恋結び～キミのいる世界に生まれて～』（原題・『許される恋じゃなくても』）にて書籍化デビュー。近刊は『キミに胸きゅんしすぎて困る！　ワケありお隣さんは、天敵男子!?』『爆モテ男子からの「大好き♡」がとまりません！』など（すべてスターツ出版刊）。

絵・乙女坂心（おとめざか　こころ）

愛知県出身・在住の少女漫画家。2016年りぼん5月号に準りぼん賞を受賞した『その星が消える前に』が掲載されデビュー。現在も少女まんが雑誌『りぼん』にて活躍中。既刊コミックスに『ティータイムに魔法をかけて』がある。ラブストーリーと可愛い物を描くのが好き。

セレブ学園の最強男子×4から、なぜか求愛されています。【取り扱い注意⚠最強男子シリーズ】

2024年10月20日 初版第1刷発行

著　　者　ゆいっと　© Yuitto 2024
発 行 人　菊地修一
デザイン　カバー AFTERGLOW
　　　　　フォーマット 北國ヤヨイ（ucai）
発 行 所　スターツ出版株式会社
　　　　　〒104-0031 東京都中央区京橋1-3-1 八重洲口大栄ビル7F
　　　　　TEL 03-6202-0386（出版マーケティンググループ）
　　　　　TEL 050-5538-5679（書店様向けご注文専用ダイヤル）
　　　　　https://starts-pub.jp/
印 刷 所　大日本印刷株式会社

Printed in Japan
ISBN 978-4-8137-8178-3 C8293

ファンレターのあて先

〒104-0031　東京都中央区京橋1-3-1 八重洲口大栄ビル 7F
スターツ出版（株）書籍編集部 気付
ゆいっと先生
いただいたお便りは編集部から先生におわたしいたします。

中《ちゅう》 2 の里衣子《りいこ》はメガネにみつあみの地味子《じみこ》だけど、じつは美少女《びしょうじょ》。同《おな》じクラスになった四天王《してんのう》と呼《よ》ばれるイケメン男子四人組《だんしよにんぐみ》に目《め》をつけられちゃって大変《たいへん》！しかも、ひょんなことから人気《にんき》ナンバーワンの湊斗《みなと》くんの家《いえ》に居候《いそうろう》することになって、急接近《きゅうせっきん》！　いつもはクールな湊斗《みなと》くんだけど、里衣子《りいこ》の前《まえ》ではやさしくて意外《いがい》な一面《いちめん》にドキドキ♥　さらに、美少女《びしょうじょ》だとバレてしまい、イケメン王子三《おうじさん》人《にん》からも迫《せま》られちゃって…!?　お金《かね》持《も》ち学園《がくえん》で巻《ま》き起《お》こる胸《むね》キュンラブ♥

ISBN：978-4-8137-8030-4　定価 792 円（本体 720 円+税 10%）

野いちごジュニア文庫

ドキドキ＆胸《むね》きゅんがいっぱい！

野《の》いちごジュニア文庫《ぶんこ》 人気《にんき》作品《さくひん》の紹介《しょうかい》

余命半年《よめいはんとし》、きみと一生分《いっしょうぶん》の恋《こい》をした。

みなと・著《ちょ》

幼《おさな》いころ白血病《はっけつびょう》だったせいで、無理《むり》に笑《わら》うクセがついていた中《ちゅう》２のひまり。通学《つうがく》バスで出会《であ》った晴臣《はるおみ》だけは、「俺《おれ》の前《まえ》ではムリするな」と言《い》ってくれた。クールだけど優《やさ》しい彼《かれ》と一緒《いっしょ》にいるうちに、ひまりは本当《ほんとう》の笑顔《えがお》を取《と》り戻《もど》した。そんな中《なか》、病気《びょうき》が再発《さいはつ》して、余命《よめい》わずかだと告《つ》げられてしまい…。命《いのち》の尊《とうと》さと純愛《じゅんあい》に号泣《ごうきゅう》の感動物語《かんどうものがたり》。

ISBN978-4-8137-8175-2
定価《ていか》：847円《えん》（本体《ほんたい》770円《えん》＋税《ぜい》10%）

青春

保健室《ほけんしつ》で寝《ね》ていたら、爽《さわ》やかモテ男子《だんし》に甘《あま》く迫《せま》られちゃいました。

凩《こがらし》ちの・著《ちょ》

保健室《ほけんしつ》で寝《ね》ていた中《ちゅう》２の菜花《なのは》。目《め》を覚《さ》ますと、めちゃモテ男子《だんし》・夏目《なつめ》くんになぜか後《うし》ろから抱《だ》きしめられていて…!?「俺《おれ》と一緒《いっしょ》に寝《ね》てくれない？」と衝撃発言《しょうげきはつげん》！　スキあらば迫《せま》ってくる夏目《なつめ》くんの溺愛《できあい》攻めに、はじめは戸惑《とまど》う菜花《なのは》だったけれど、ピンチの時《とき》は助《たす》けてくれたり本当《ほんとう》は優《やさ》しい彼《かれ》のことが次第《しだい》に気《き》になって…。ドキドキ学園《がくえん》ラブ♡

ISBN978-4-8137-8174-5
定価《ていか》：858円《えん》（本体《ほんたい》780円《えん》＋税《ぜい》10%）

恋愛

溺愛《できあい》MAX《マックス》な恋《こい》スペシャル♡Pink《ピンク》
野《の》いちごジュニア文庫超人気《ぶんこちょうにんき》シリーズ集《しゅう》！

＊あいら＊・高杉六花《たかすぎりっか》・青山《あおやま》そらら・ゆいっと・著《ちょ》

野《の》いちごジュニア文庫《ぶんこ》で絶対《ぜったい》にはずせない！　大人気《だいにんき》シリーズの溺愛《できあい》ラブを５つお届《とど》け！「総長《そうちょう》さま、溺愛中《できあいちゅう》につき。」と「ウタイテ！」の2大《だい》きゅんコラボ!?　無敵《むてき》の総長《そうちょう》さま、人気絶大《にんきぜつだい》な歌《うた》い手《て》たち、同居中《どうきょちゅう》のめちゃモテ男子《だんし》…タイプの違《ちが》う最強男子《さいきょうだんし》たちからキケンなくらい愛《あい》されちゃう!?　ここでしか読《よ》めないスペシャルなお話《はなし》が大集合《だいしゅうごう》♡

ISBN978-4-8137-8173-8
定価《ていか》：836円《えん》（本体《ほんたい》760円《えん》＋税《ぜい》10%）

恋愛

ドキドキ＆胸《むね》きゅんがいっぱい！

野《の》いちごジュニア文庫《ぶんこ》 人気《にんき》作品《さくひん》の紹介《しょうかい》

最強《さいきょう》ボディガードの幼《おさな》なじみが、絶対《ぜったい》に離《はな》してくれません！
【取《と》り扱《あつか》い注意《ちゅうい》⚠最強男子《さいきょうだんし》シリーズ】

梶《かじ》ゆいな・著《ちょ》

名門《めいもん》の宝城学園《ほうじょうがくえん》に通《かよ》う美羽《みはね》は、心配性《しんぱいしょう》なお父《とう》さんにボディガードをつけられる。その正体《しょうたい》は、超《ちょう》イケメン幼《おさな》なじみの恭弥《きょうや》と仲間《なかま》の先輩達《せんぱいたち》で!?　モテモテだけど女子《じょし》に無《む》関心《かんしん》な恭弥《きょうや》。でも、美羽《みはね》には「ずっと一緒《いっしょ》にいたい」と宣《せん》言《げん》！　ピンチの時《とき》は絶対《ぜったい》に助《たす》けてくれる恭弥《きょうや》に美羽《みはね》もドキドキが止《と》まらなくて…。最強男子《さいきょうだんし》の甘々《あまあま》ギャップに注意《ちゅうい》♡

ISBN978-4-8137-8172-1
定価《ていか》：814円《えん》（本体《ほんたい》740円《えん》＋税《ぜい》10%）

恋愛

都道府県男子《とどうふけんだんし》！①
イケメン47人《にん》が地味子《じみこ》を取《と》り合《あ》い!?

あさばみゆき・著《ちょ》

中《ちゅう》2のほずみは漫画《まんが》が大好《だいす》き。ある日《ひ》、苦手《にがて》な地理《ちり》の宿題《しゅくだい》中《ちゅう》、都道府県《とどうふけん》をイメージした男子《だんし》を落書《らくが》きしたら…なんと学校《がっこう》にイケメンだらけのクラスが現《あらわ》れて!?　クールな東京《とうきょう》くん、ムードメーカーの大阪《おおさか》くん…全員《ぜんいん》、落書《らくが》きした男子《だんし》たち!?　さらに、ほずみを取《と》り合《あ》う溺愛《できあい》バトルがはじまって…!?　大人気《だいにんき》あさばみゆきが贈《おく》る擬人化《ぎじんか》ラブコメ♡

ISBN978-4-8137-8171-4
定価《ていか》：825円《えん》（本体《ほんたい》750円《えん》＋税《ぜい》10%）

恋愛

イジメ返《がえ》し　イジメっ子《こ》3人《にん》に仕返《しかえ》しします

なぁな・著《ちょ》

中《ちゅう》1の花菜《はな》のクラスには、カーストトップの早紀《さき》、澪《みお》、青葉《あおば》がいる。ささいなことがきっかけで、花菜《はな》は早紀《さき》たちからイジメられるように…。つらい日々《ひび》を送《おく》っていた時《とき》、隣《となり》のクラスの美少女《びしょうじょ》・カンナから「イジメ返《がえ》し」を提案《ていあん》されて…!?　「100倍《ばい》にして、仕返《しかえ》ししない？」さぁ、一緒《いっしょ》にはじめよう。とびきりのイジメ返《がえ》し──。

ISBN978-4-8137-8170-7
定価《ていか》：836円《えん》（本体《ほんたい》760円《えん》＋税《ぜい》10%）

ホラー